常怡 著

故宮裡的大怪獸

|升級版|

MONSTERS IN THE FORBIDDEN CITY

獨角獸的審判

5

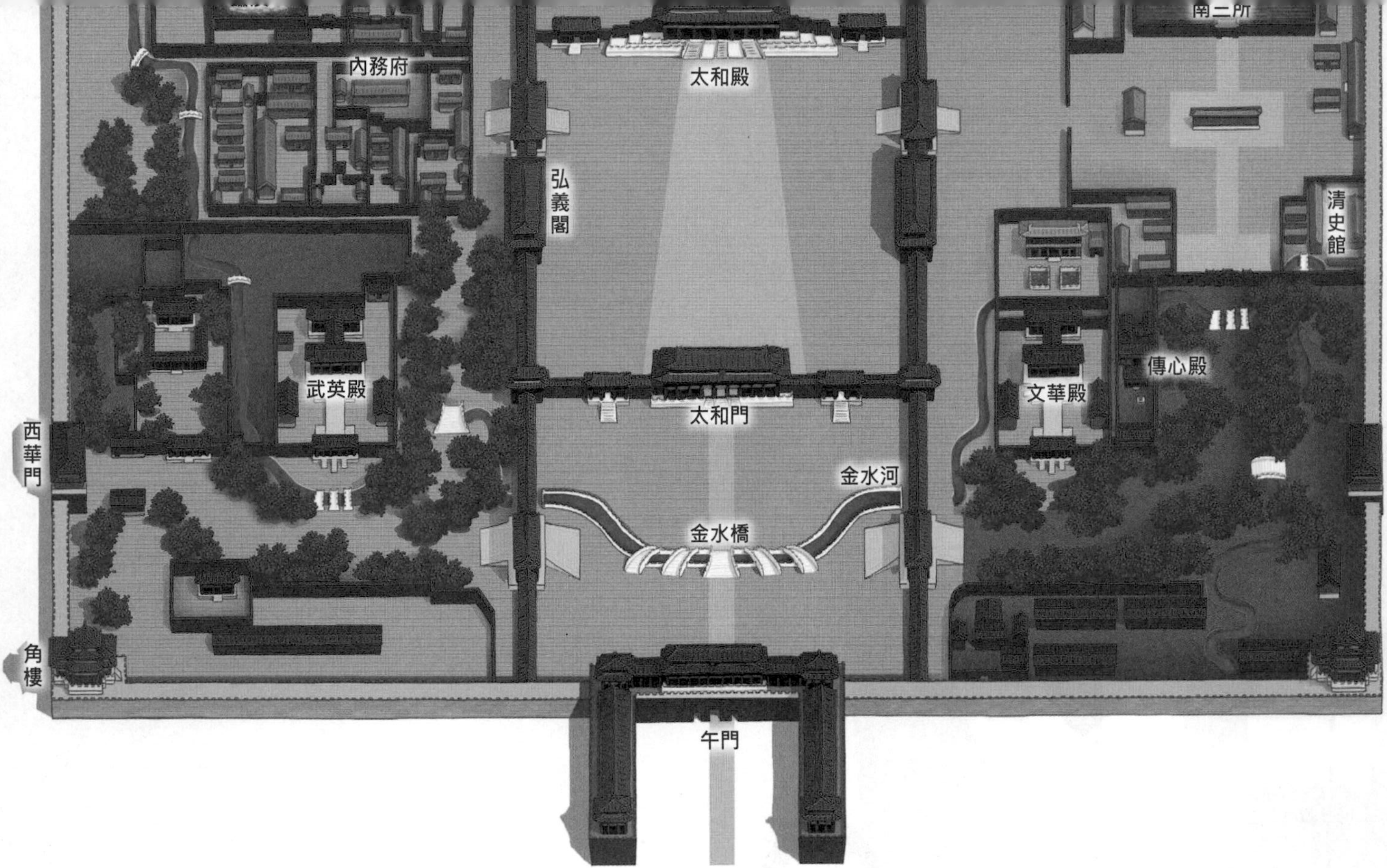

故宮怪獸地圖

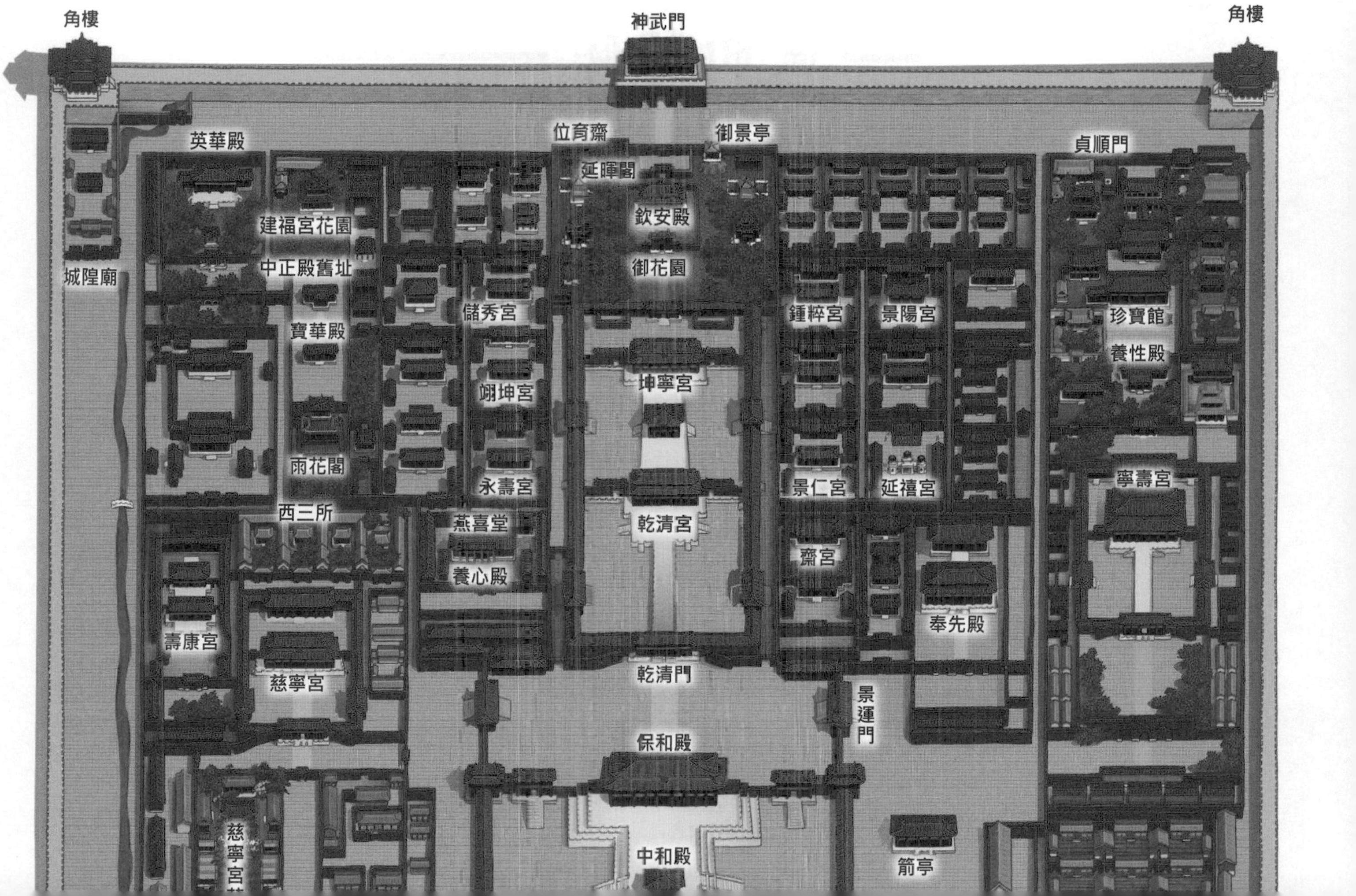
角樓
神武門
角樓
位育齋
御景亭
英華殿
貞順門
延暉閣
欽安殿
建福宮花園
城隍廟
中正殿舊址
御花園
儲秀宮
鍾粹宮
景陽宮
珍寶館
寶華殿
養性殿
坤寧宮
翊坤宮
雨花閣
永壽宮
景仁宮
延禧宮
寧壽宮
西三所
燕喜堂
乾清宮
齋宮
養心殿
壽康宮
奉先殿
慈寧宮
乾清門
景運門
保和殿
慈寧宮
中和殿
箭亭

角色檔案

寫字人鐘

一座高兩公尺多的大鐘錶，分四層閣樓。最下面的閣樓裡住著寫字機械人，他是一位歐洲紳士，會用毛筆蘸取墨汁在面前的紙上寫下「八方向化，九土來王」八個漢字。他什麼都會修，故宮裡誰要是弄壞了什麼東西，都會去找他。

城隍爺

住在故宮西北角的城隍廟。他是城池的守護神，同時也把守著金水河「進水口」。古代的時候，如果遇上乾旱不下雨，皇帝還會來到城隍廟向他求雨。

遮蔭侯

摛藻堂旁的一棵古柏樹。傳說，這棵古柏曾隨乾隆皇帝南巡，幫他遮蔭，所以被皇帝封為「遮蔭侯」。

五毒怪

指的是蠍子、蛇、蜈蚣、蟾蜍、壁虎這五種動物。據民間傳說，每年端午節時，五毒怪會跑出來傷人，所以，大家都要在這天想辦法消滅他們。

蒲牢

住在北京的鐘樓，是個聲音洪亮、喜歡唱歌的怪獸。他非常膽小，尤其害怕龐大的鯨魚，每次遇到鯨魚，就會尖叫不止。

囚牛

龍頭蛇身的怪獸。和大多數怪獸不同，他不喜歡打打殺殺，也不喜歡翻雲覆雨，他唯一的愛好是音樂。他擅長所有的樂器，最喜歡蹲在琴頭上欣賞琴聲，所以後來人們就把他雕刻在貴重的胡琴上，這些胡琴因此被稱為龍頭胡琴。

獬豸（ㄒㄧㄝˋ ㄓˋ）

高智商怪獸、中國獨角獸。他全身長著濃密黝黑的毛，雙目明亮有神，額上長著一隻角。他懂人言，知人性，是正義和公正的化身，一旦發現壞人，就會立刻把他吃掉。

天馬

太和殿屋脊上排位第五的怪獸。擁有駿馬的外形，白雪般的翅膀和鬃毛。古代神話中吉祥的化身，他也是故宮裡跑得最快的怪獸。

目錄

壹

故宮來了一頭鯨魚

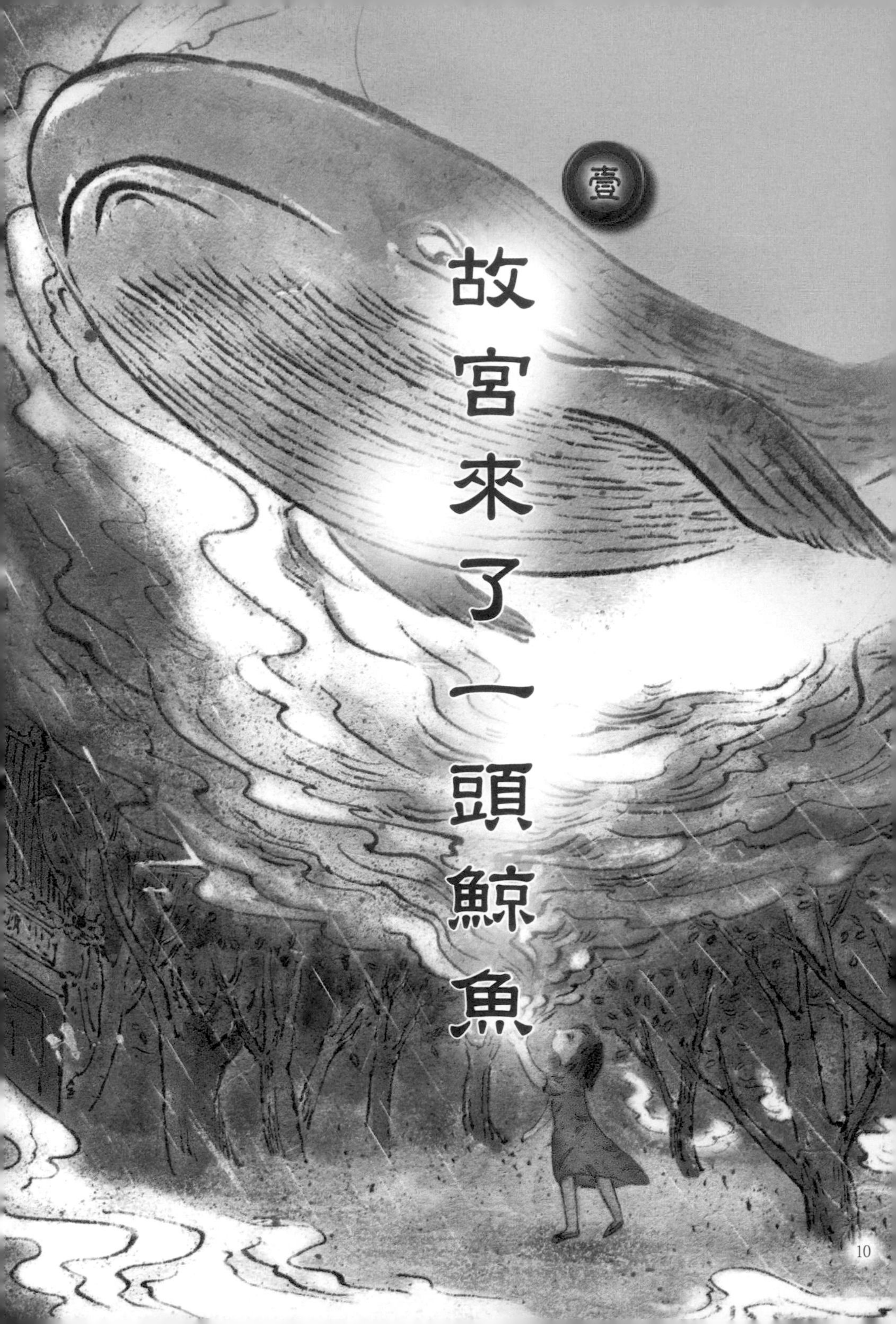

這是一個灰濛濛、潮濕的四月的傍晚，大雨滂沱。雨水順著紅色的故宮宮牆往下淌。透過掛著雨線的屋簷，只能看到鋪著厚厚烏雲的天空。

突然，一陣「呼呼」的大風吹過，天更暗了。

我打開桌子上的檯燈，看了看手機上的時間。時間還早，怎麼一下子天就黑了呢？我站起來，望了望窗外的天空。哪裡有什麼天空，媽媽辦公室的院子像是被蓋了個大鍋蓋，黑壓壓的一片，什麼也看不清了。

我的胸前感到暖呼呼的，低頭一看，掛在那裡的洞光寶石正散發著微弱的光。

這是怎麼回事？

我走出屋子，雨不知道什麼時候已經停了，剛才還「劈哩啪啦」下個不停的雨突然一下子就停了。不要說雨，連一點風都沒有。一片漆黑中，樹枝上的樹葉一動也不動，世界彷彿靜止了一樣。

「太奇怪了……」

我低聲唸叨著。

媽媽辦公室的院子裡和往常一樣寂靜，異常安靜，太安靜了。一種直覺在告訴我，危險正在接近我。

我飛快地跑出院子，但打開門的一瞬間，我愣住了。

一個奇怪的景象出現在我面前：院子外仍然在下著大雨，但是院子裡卻靜悄悄的，連個雨點都沒有。

我倒吸了一口涼氣，這是什麼黑巫師的魔法嗎？還是院子被詛咒了？或者，狐仙說的大事情就要發生了？我不由得握緊了掛在胸前的洞光寶石耳環。

一道明亮的閃電劃過天空，讓我注意到地面上有一個半圓形狀的巨大黑影。我吃驚地抬起頭。天啊！那是什麼？

就在我的頭頂上，出現了一座懸浮著的小島！小島像一把巨大的黑傘遮

住了雨水。

我定睛一看，那不是一座島，天啊！竟然是一隻鯨魚！鯨魚那兩隻細細的眼睛，正目不轉睛地盯著我。

故宮裡飛來了一隻鯨魚！如果不是親眼看見，我是怎麼也不會相信的。這麼巨大、笨重的鯨魚，是怎麼飛到半空中去的呢？鯨魚離開海水也能活著嗎？他來故宮幹什麼？一連串的問號出現在我的腦袋裡。

我被嚇壞了，呆呆地看著這個巨大的生物，我還是第一次見到真正的鯨魚。

「你看，他的眼睛還在動呢！」一個細細的聲音從我腳下的方向傳過來。幾隻野貓不知道什麼時候跑到了我的腳邊。

「我就說他是活的，要不誰會做這麼大的氣球？」一隻黑白花的野貓說，「不過他為什麼待在那裡不動呢？」

「我們爬近一點去瞧瞧怎麼樣？」旁邊的一隻白貓說。

於是，幾隻野貓爭先恐後地跳上了圍牆，又跳上了屋頂，仰起頭。

「這是真的鯨魚嗎？他比我想像的還大呢！」不知哪隻野貓說。

「要是吃的話，我們放開肚皮吃，一年也吃不完這隻魚。」他的同伴說。

幾隻野貓紛紛點頭，還都舔了舔嘴唇。

就在這時，半空中的鯨魚突然一晃，說起什麼話來。沒錯，鯨魚開口說話了。

「請問，這裡是故宮嗎？」

鯨魚一說話，幾隻野貓「呼啦」一下像風一樣地跑掉了。

我仰著頭，看著鯨魚，現在能回答他問題的只剩下我了。

「是……是的。」

「太好了。」鯨魚似乎很滿意，接著問，「那您知道蒲牢在哪兒嗎？」

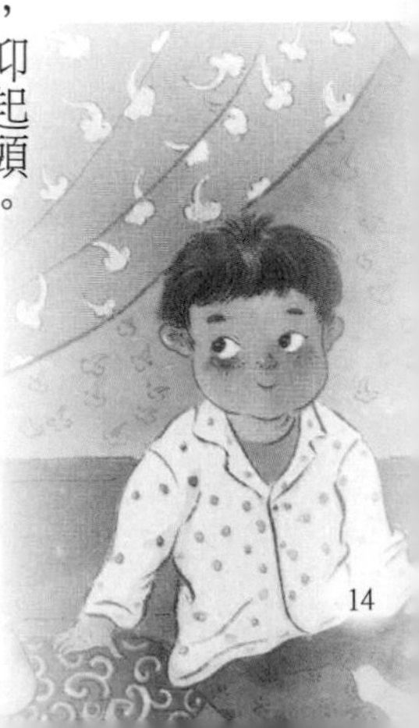

「蒲牢？」我眨眨眼睛，「蒲牢是什麼？」

「大怪獸蒲牢，您不認識嗎？」鯨魚吃驚地看著我。

我搖搖頭，我認識故宮裡不少大怪獸，但是從來沒聽說過有一個叫蒲牢的。

「他長什麼樣子？」

「他長得有點像龍，但身材要瘦小得多，沒有龍的尾巴，四肢很強壯。他總是弓著背，喜歡低著頭。」鯨魚輕聲說。

我仔細想了想，的確沒見過長成這樣的怪獸，連聽都沒聽說過。

「那傢伙原來是騙我的啊！」鯨魚低聲嘟囔著，「還說自己是北京城裡人人都知道，特別有名的大怪獸。」

看鯨魚還算和善，我的膽子也慢慢大起來。

「您說的怪獸蒲牢是住在故宮裡嗎？」我問。

鯨魚說：「有皇帝的時候，我和他都曾經在故宮裡居住過，不過現在我們不住在這裡了。」

「那你為什麼來這裡找他呢？」

鯨魚嘆了口氣，才回答：「因為，他從鐘樓裡消失了。」

然後，他開始講起他和怪獸蒲牢的故事。

原來，這隻鯨魚是北京鐘樓裡敲鐘的木杵，而消失的怪獸蒲牢則是大銅鐘上的鐘鈕。蒲牢原本是龍的兒子，生活在大海裡。他聲音洪亮，是喜歡唱歌的怪獸。雖然是龍的兒子，怪獸蒲牢卻非常膽小，尤其害怕龐大的鯨魚，每次遇到鯨魚的襲擊，蒲牢就會尖叫不止。

幾百年前，怪獸蒲牢路過北京城時起了玩心。他總是在半夜大家都睡覺的時候，或者別人不注意的時候大吼幾聲，看到人們受驚嚇的樣子，他就特別開心。明朝永樂皇帝朱棣聽說了蒲牢的惡作劇，就派自己的軍師姚廣孝去

降伏蒲牢。據說，姚廣孝曾經當過和尚，是厲害的僧人。不知道他用了什麼方法，真的降伏了怪獸蒲牢。他知道蒲牢的本領，就把蒲牢做成鐘鈕守護鐘樓裡的銅鐘，並且把敲鐘的木杵做成鯨魚的模樣。

那時候，既沒有鐘錶也沒有手機，北京城的人們都是靠著聽鐘聲來知道時間。蒲牢害怕鯨魚，每當鯨魚敲鐘，蒲牢就會大叫，為北京城的人們報時，聲音又大又洪亮。

清朝的時候，皇帝還將蒲牢守護的大鐘和鯨魚一起請到了故宮的午門。每當皇帝上朝的時候，就會有人敲響蒲牢守護的大鐘，告訴大臣們要進宮去見皇帝了。所以那段時間，蒲牢和鯨魚住進了故宮。但是當最後一位皇帝離開故宮時，蒲牢和鯨魚就回到了鐘樓裡居住。現在雖然已經不用敲鐘報時了，但是每年過春節的時候，人們仍然會用鯨魚去敲蒲牢守護的大鐘，用蒲牢響亮的聲音來祈禱新的一年一切順利。

然而，就在兩天前，和鯨魚陪伴了幾百年的怪獸蒲牢卻突然不見了。大銅鐘沒有了鐘鈕而掉在地上，無論鯨魚怎麼敲，都只能發出悶悶的聲音。

沒有了蒲牢，鯨魚連個可以聊天的朋友都沒有，覺得孤單極了。於是，趁著今天陰天下雨，鯨魚從鐘樓裡溜了出來。他在北京城的上空飛了很久，看到了奇怪的高樓大廈，看到了乾枯的河道和湖泊，看到擁擠在街道上的鋼鐵汽車，就是沒有看到大怪獸蒲牢。

「最後我想到，蒲牢是龍的兒子，會不會來故宮找龍和他的兄弟們呢？所以我就找到這裡來了。」鯨魚最後說。

我點了點頭，原來眼前的這隻鯨魚就是鐘樓裡敲鐘的木杵啊！

鯨魚問我：「您是故宮裡的管理員嗎？」

我搖搖頭說：「我媽媽在故宮裡工作，我每天放學都會來這裡找她。我叫李小雨，很高興能看到一隻真正的鯨魚。」

「李小雨，我喜歡這個名字。」鯨魚說，「妳這兩天有沒有看到我的朋友蒲牢呢？」

我仔細想了想，昨天和前天我都沒來故宮玩，今天放學來這裡就下雨了，會不會蒲牢就是趁我不在的這段時間來到了故宮呢？

「我雖然沒看見，但是我願意幫你一起找。」我回答。

鯨魚眨了眨眼睛問：「那我們怎麼找呢？」

「先去問問我的朋友們吧！」

我剛說完這句話，不過是一瞬間的工夫，我已經坐到了鯨魚的背上。我不知道自己究竟是怎麼爬到鯨魚那巨大的、滑溜溜的身體上來的，不管怎麼說，我現在正在鯨背上搖晃著兩條腿，眺望著故宮。

「騎著我去吧！這樣快一點。」鯨魚開口了，「等到天亮的時候，無論有沒有找到，我都只能回到鐘樓裡去了。」

說完，鯨魚像一艘飄在空中的飛艇，穩穩地朝我指的方向飛去。

我們先飛到了珍寶館。一旦想到打聽點什麼事情，我第一個總會想起野貓梨花。

我坐在鯨魚的背上，大聲叫著梨花的名字。這可好，珍寶館的野貓們全都跑到了屋頂上，直勾勾地盯著我和我身下的鯨魚。

「這是什麼怪獸？」

「傻瓜，這是鯨魚！」

「鯨魚?他吃貓嗎？」

「難道不是我們貓吃魚嗎？」

「他這麼大個兒，腦袋會不會很笨？」

「……」

野貓們七嘴八舌地討論著眼前的鯨魚。

梨花終於來了，她看到我和鯨魚在一起，吃了一驚。

「妳被這傢伙綁架了嗎?喵。」梨花問。

我趴在鯨魚身上，低下頭說：「不要瞎說，這是我剛認識的朋友，鐘樓的鯨魚。」

「那就好。」梨花鬆了口氣說，「要是綁架了我可幫不了妳，這傢伙太大個兒了。喵。」

「我不需要妳的幫助，但我這個朋友需要。」我說，「他在找一個叫蒲牢的怪獸，你們最近在故宮裡有沒有看到什麼奇怪的怪獸呢？」

「我覺得所有的怪獸都很奇怪。喵。」梨花反駁，但很快她就接著說，「不過，妳這麼一問倒讓我想起來了，我聽說有人在水經殿門口看到過一個個頭很小的怪獸，妳知道通常故宮裡的怪獸個頭都比較大，所以他挺引人注意的。」

「真的嗎？」鯨魚著急地問，「他長什麼樣子？」

「還不就是那樣。」梨花說，「長得和龍差不多，聽說沒有尾巴……」

還沒等梨花說完，鯨魚已經說了聲「謝謝」，帶著我朝西北方飛去。水經殿就在中正殿旁邊的淡遠樓裡，那裡曾經是皇帝們求雨的地方。

雨不知道什麼時候停了，烏雲散去，月亮露出了臉。

淡遠樓前靜悄悄的，透過月光我們能看到一個怪獸趴在濕漉漉的地面

上，打著呼嚕。不過，和野貓梨花說的不一樣，這個怪獸的個頭可不小。

我從鯨魚的背上滑下來。為什麼我會覺得這個怪獸有點眼熟呢？龍的頭，身上背著巨大的蝸牛殼，這不是大怪獸椒圖嗎？

我蹲下來，拉了拉椒圖的鬍子。

「喂！你醒醒！」

椒圖「哼」了一聲睜開了眼睛。

「我說誰敢拉我的鬍子，原來是小雨啊！」

椒圖打了個哈欠，站了起來。

「你怎麼睡在這裡？」我有點好奇。椒圖是喜歡安靜的怪獸，最不喜歡的就是串門子，平時待在東華門，一步都不願意離開。

椒圖指了指水經殿裡說：「還不是因為我的那位兄弟。」

我瞇著眼睛向黑暗的水經殿裡望去，敞開的大殿門後，可以看到一個黑色的影子躲在那裡。

「你的兄弟……」我琢磨著，椒圖也是龍的兒子，他說的兄弟難道就是……「蒲牢？」

「小雨居然認識蒲牢？」椒圖吃了一驚。

我搖搖頭說：「不認識，但是我的一位朋友正在找他。」

「你的朋友？」

椒圖左看右看，一臉莫名其妙。

我指了指頭上的天空說：「他在那兒。」

椒圖抬起頭，被漂浮在半空的鯨魚嚇了一跳。

「這是什麼？」他大聲問。

我這才想起來，椒圖不是生活在海裡的怪獸，應該不認識鯨魚。

「鯨魚。」我告訴他，「他是鐘樓的鯨魚，是來找蒲牢回到鐘樓的。」

椒圖望了望頭上的鯨魚，和他打了個招呼。

「太好了！」椒圖鬆了口氣說，「我這位兄弟特別膽小，一步都不願意離開我，我還正頭痛得要命。他的朋友來得正好。」

說完，椒圖就大聲對水經殿門後的影子說：「蒲牢，快出來吧！你的朋友來找你了。」

那影子聽了卻一動也沒動，只是傳出一個很響亮的聲音問：「是誰來找我了？」

「鯨魚，你認識吧？」

沒想到聽到「鯨魚」這兩個字，水經殿的大門「哐」地一聲關緊了。

「我才不要和鯨魚回去！」從那裡面傳出的聲音說。

我跑到門口，輕輕拍著門問：「蒲牢，鯨魚找你找好久了，你為什麼不願意和他回到鐘樓呢？」

蒲牢回答：「我一向最怕鯨魚，卻被人類關在鐘樓，每天用鯨魚嚇唬我，嚇得我大叫。這次好不容易逃出來了，這樣的日子再也不想過了！」

鯨魚聽到了蒲牢的話，嘆了口氣。是一聲如同吹過森林的風一樣的深深的嘆氣。

「我雖然知道你怕我，但是這幾百年來我卻從沒有傷害過你，我還以為我們已經是朋友了……」鯨魚的聲音，悲傷得有點顫抖了，「到底我怎麼做，你才能把我當作朋友呢？」

水經殿裡的蒲牢沒有說話。

夜空的遠處已經亮起了淡淡的白光，這微弱的光照亮了鯨魚光滑的脊背。鯨魚馬上就要回到鐘樓了，連我都替他著急起來。

「蒲牢，蒲牢。」我一邊敲門一邊說，「聽說你是很厲害的怪獸，為什麼會單單害怕鯨魚呢？」

蒲牢出聲了：「因為……他太大了……」

「只是因為他大？」

「長相也奇怪……」

「就是因為這些？」我問。

「還有，他和我們不一樣。」

我吸了口氣說：「蒲牢，你知道嗎？我第一次在故宮看到你們這些怪獸，也很害怕。因為你們比我個頭大很多，長相也奇怪，和我們人類一點都不一樣。但是現在，故宮裡的怪獸們都成為我的朋友，你知道為什麼嗎？」

「為什麼？」

我的臉上浮起了微笑，回想起和怪獸們的交往，真是一件神奇而又愉快的事情。

「因為，怪獸們沒有傷害我。不但沒有傷害我，我還發現你們和書裡、電影裡描寫的怪獸不一樣，你們都有善良的心。即便每個怪獸都有特別強大的能力，卻從來不用這種能力來欺負比自己弱小的人和動物，反而你們還會幫助我們。這也是怪獸們可以和人類一起共同生活這麼多年的原因。」

我接著說：「我原來也以為，大怪獸們都是很可怕的。但當我放下這種偏見，我就發現，每個大怪獸都那麼的可愛。所以我願意和怪獸們成為朋友。你和鯨魚一起待了幾百年，你們都做了些什麼呢？」

「報時、唱歌、聊天、看夕陽……」蒲牢回答。

「他欺負過你嗎？」我追問。

蒲牢老老實實地回答：「沒有。」

「他說過你的壞話嗎？」

「也沒有。」

「他幫助過你嗎？」

「是的……」

「那你為什麼不願意和他成為朋友呢？」

蒲牢不出聲了。

遠方的天空，白色的光圈越來越大，天快亮了。

這個時候，水經殿的大門打開了，一個個頭和我差不多大、駝著背的怪獸站在了門前。他望著半空中即將飛走的鯨魚。

「我一直把你當作我唯一的朋友。」鯨魚對蒲牢說。

蒲牢點點頭說：「既然一個人類的小姑娘都可以和怪獸交朋友，那我從今天開始，就試著不再怕你，和你成為真正的朋友吧！」

說完，蒲牢輕輕一跳，跳到了鯨魚的脊背上。他輕輕拍了拍鯨魚光滑的背。

「走吧！我們回到鐘樓去。」

鯨魚高興地晃動了一下巨大的身體，迎著剛剛亮起的陽光，快速地向鐘樓的方向飛去。

這時，故宮看門人開門的聲音響了起來，窗下新的白百合花開了，和往常一樣的故宮的早晨，平靜、爽快的一天開始了。

貳

玉蘭花記事本

故宮賣紀念品的商店開在齋宮門旁邊。

狹窄的店鋪裡，堆滿了可愛的小玩意兒：印著「金榜題名」的信紙、妃子形狀的玩偶、皇帝騎馬鑰匙圈……不過這幾天最好賣的，是一本記事本。

這本記事本的封面上畫的是玉蘭花的花枝，花枝上停著一隻春燕。本子薄薄的，也就三十多頁的紙，但是每張紙上都印著白玉蘭花瓣的圖案，好看極了。價格也便宜，只要十元一本，所以一擺出來，就被遊客們搶光了。

我也買了一本。記事本散發出一股淡淡的花香，是真正的玉蘭花的香味。我閉上了眼睛，深深地吸了一口氣。於是，那個盛開著浪漫白玉蘭的御花園，就浮現在眼前了。

那天夜裡，恰好是滿月。窗外射進來的月光，分外明亮。我半躺在自己的床上，翻著新買的記事本。

「波隆……」

當我快速翻動書頁時，從記事本裡面，居然傳出音符的聲音。我懷疑自己的耳朵了，怎麼可能？

我連忙又翻動了一次，大拇指一點點地鬆開，書頁一頁一頁飛快地向後飄去。

「波隆……波隆……」像風的和絃。

怎麼會呢？難道這裡面藏著什麼音樂晶片？像音樂賀卡一樣，一打開卡片就會發出電子音樂的聲音。但是，我把記事本翻了好幾遍，沒有找到音樂晶片的影子。

這是怎麼回事？到底是從哪裡發出的聲音呢？

第二天，我又跑到紀念品商店買了一本記事本，這本的封面上畫的是雍正皇帝賣萌的樣子。同樣是十元一本的記事本，也是三十頁左右的紙張。可是，無論我怎麼翻，翻多快，它都只發出「唰、唰」的書頁聲。

「還有玉蘭花記事本嗎？」我問。

玻璃櫃檯後面的店員搖搖頭。「沒有了。」

「那本記事本是會發出音樂聲的嗎？」

「沒聽說過這種事，我們賣的記事本都是不會發出音樂聲的。」店員肯定地說。

那是怎麼回事呢？我更納悶了。難道是有人在我買的記事本上施了魔法？

故宮裡會施魔法的人可太多了，神明、花仙、樹精、怪獸們……到底是誰會開這種玩笑呢？

就這麼想著，不知不覺走到了珍寶館。

珍寶館養性殿前，野貓梨花正趴在自己最喜歡的石階上曬太陽。春天來了，連風裡都有了花香。

「故宮裡誰會施音樂的魔法啊？」我問她。

「音樂的魔法？喵。」她有些吃驚地看著我。

「嗯！我買的玉蘭花記事本，只要一翻就會飄出音樂呢！」

「那是什麼樣的聲音呢？喵。」

「有點像小提琴，但又比小提琴更低沉，比口琴聲更清亮。」

我從書包裡拿出玉蘭花記事本，輕輕撥了一下紙頁。

「波隆……」

那聲音飄了出來。

「妳聽到了嗎？」

梨花點點頭說：「的確是被施了魔法。喵。」

「會是誰呢？會不會是玉蘭花仙？」我問。

梨花搖搖頭說：「玉蘭花仙喜歡作詩，對音樂可一點都不懂。喵。」

「那會是誰呢？」

梨花的眼睛突然亮了一下，說：「要說音樂的魔法，故宮裡應該沒有誰比那個怪獸更擅長的了……喵。」

「誰？」我睜大眼睛。

「大怪獸囚牛！喵。」梨花說，「他是龍的大兒子。龍那麼多兒子之中，就屬他脾氣最好，從來不逞強也不欺負人，唯一的愛好就是彈彈琴，聽聽音樂。要說音樂的魔法，沒人比他更厲害了。」

我就像是個一直在找寶藏的人，突然找到了線索一樣，一下子跳了起來。

「我們現在就去找囚牛問問吧！」

梨花卻一點也不著急，她慢悠悠地舔了舔爪子說：「等到天黑吧！天黑後，妳到樂器庫房後門等我，囚牛一定在那兒。」

樂器庫房離媽媽的辦公室並不遠。天還沒黑，我就兩手插在外套的口袋

裡，等在那裡了。這裡可以算是故宮裡最偏僻的地方，聽說這個庫房在古代的時候就是裝東西的倉庫。因為沒有對外開放也就沒有好好修一修，油漆脫落得不成樣子。居然會有怪獸住在這麼破的地方？梨花會不會弄錯了？

等到天完全黑透，梨花才慢吞吞地趕來。她「咚咚」地敲響了倉庫門，一邊吐著白氣，一邊輕聲呼喚：「囚牛，囚牛，你在裡面吧？喵。」沒有聽到任何腳步聲，樂器倉庫的門卻「吱呀」一聲打開了。

我們推門進去，屋子裡火爐燒得正旺，開水「咕嘟、咕嘟」地翻滾著。但是，沒有怪獸也沒有人。

「妳確定囚牛在這裡？」我覺得是不是什麼地方弄錯了，「這裡不是庫房的值班室嗎？」

「噓……」梨花貼著我的耳朵，用極小極小的聲音說：「囚牛可是怪獸中耳朵最靈敏的，妳說話小聲點，讓他聽見不禮貌。喵。」

正說到這裡，屋門外就響起了奇怪的聲音。「窸窸窣窣」，像有什麼東西在爬，又像是有人在地上拖著又大又重的行李箱，把木地板壓得「吱吱」作響。

門開了，一個長著龍頭、蟒蛇身體的怪獸爬了進來。

「讓妳們久等了。」怪獸說。他手裡拿著一把漂亮的胡琴，小巧的紅木琴身上雕刻著龍頭。

「松樹仙剛剛送來了上好的松香。」他笑呵呵地說。

說著，他拿起手裡琥珀色的松香，仔細地擦著琴弓。一股松樹油脂的清香飄散開，我深吸了口氣，這是夏天的氣味。

「這把胡琴上還雕刻著囚牛的頭像呢！喵。」梨花在一旁搭話。

大怪獸囚牛溫和地笑著說：「誰叫我以前喜歡蹲在琴頭上聽琴聲呢！」

說完，他放下手裡的松香，拿起琴弓拉起胡琴來。那聲音比小提琴低沉，

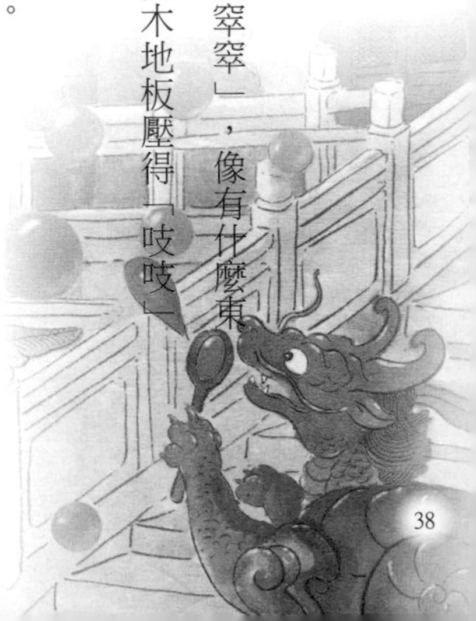

比口琴清亮。讓我想起了冬天的金水河流淌時的聲音。

我閉上眼睛仔細聽，沒錯，玉蘭花記事本發出的聲音，不正是胡琴的聲音嗎？

我猛然睜開眼睛，一邊笑著一邊嚷了起來：「沒錯，就是這個聲音，是你的魔法吧？玉蘭花記事本裡音樂的魔法就是囚牛的魔法，對不對？」

囚牛停下拉琴，好奇地看著我。

「這個小姑娘我還不認識呢？」

我愣住了，對啊！還沒有自我介紹呢！這也太不禮貌了。

「我叫李小雨，木子李，下小雨的小雨，十一歲了，我媽媽是倉庫保管員。」我清清楚楚地回答道。

囚牛點點頭，說：「知道啦！知道啦！這回就知道啦！李小雨的聲音是這樣的。」

「我的聲音？」

「我啊！沒有別的愛好，就喜歡聽音樂和收集聲音。」囚牛回答，「這種愛好也是沒辦法的事。誰叫我生下來耳朵就特別靈呢！因為這個，耳朵裡老是鬧哄哄的。就是幾十里外的地方打個雷，我也能聽見。想安靜點的話，就只有聽音樂了。」

「那玉蘭花記事本裡的聲音是怎麼裝進去的呢？」我認真地看著他。

「這件事要從花朝節那天說起……」

囚牛慢悠悠地講起故事來：

農曆二月初二花朝節是花仙們的生日。每年那天的晚上，神明和怪獸們都會去御花園參加花仙們的宴會。

為了花朝節的宴會，花仙們費盡心思。杏花、海棠、梅花、桃花、白玉蘭……一夜之間，漂亮的花朵全都開放了。樹下還鋪上了厚厚的花瓣，踩在

上面軟軟的，像散發著清香味的羊毛地毯。

怪獸和神明們坐在花樹下，喝著花仙們端上來的香噴噴的花茶，看著花仙們跳著優美的舞蹈，真是快樂極了。

囚牛也被邀請參加宴會。他帶上了自己最喜歡的胡琴，為花仙們伴奏。胡琴拉累了，囚牛就在御花園裡閒逛。漫長的冬天剛剛過去，好久沒看到這麼美麗的御花園了。

可是，沒逛多久，他就聽到了細細的哭聲。

開滿白花的古玉蘭樹後，穿著白紗長裙的玉蘭花仙正在擦著眼淚。

囚牛走過去問她：「這麼愉快的宴會，妳為什麼哭呢？」

玉蘭花仙嘆了一口氣說：「囚牛，你不知道。過去，我的樹枝上有幾十隻小鳥為我唱歌，還有專供蝴蝶們歇息的旅館。狐狸小姐會用我的花朵做帽子，松鼠會偷喝我的花蜜。但是，後來這裡的遊客越來越多，小鳥們被嚇到更高的松樹上去了，蝴蝶們也不來了，狐狸和松鼠也不知道逃到什麼地方去了。但每當我開花的時候，我仍然會想起他們，想起那些不寂寞的日子……」

「妳不要太傷心了。」囚牛安慰她說，「我也經常會感到寂寞。有時候不知道為什麼，耳朵裡聽到的聲音越多，反而越會感到寂寞。那種時候，如果能聽上一段胡琴聲，我就會感覺好一些。既然妳這麼傷心，那我也為妳拉一段胡琴吧！」

說完，囚牛坐在玉蘭樹下為玉蘭花仙拉琴。銀色的琴聲灑了出來，是像月光一樣的聲音。

「怎麼會有這麼好聽的聲音呢？」

玉蘭花仙的心情變得開朗起來。晴朗春天的月光就是這樣的啊！不那麼耀眼，溫柔而又浪漫……那樣的月光下，什麼東西都像是灑了銀粉似的。

胡琴的聲音混合著玉蘭花的香味，越飄越遠，野貓們聽見跑了過來，小

鳥們聽見也飛來了，連玉蘭花仙許久沒見的狐狸小姐，聞到這樣的香味，聽到這樣的琴聲都偷偷溜進了御花園……大家和著琴聲，扭起了身子，小聲哼起了歌。

玉蘭花仙非常開心。到底有多久沒這麼開心過了？她想都想不起來了。

沒過多久，音樂結束了。玉蘭花仙突然覺得有些捨不得。這麼好聽的琴聲，卻只有我們聽到，如果其他人能聽到，也一定會像我一樣快樂吧！

「囚牛，我有一個主意。」她靈機一動地說，「我們把花香和琴聲分給更多的人怎麼樣？」

囚牛納悶地問：「怎麼分呢？」

「這個我有辦法！」玉蘭花仙湊到囚牛的耳朵邊說，「不久前有個年輕畫家來畫古玉蘭樹。他告訴我，故宮為慶祝春天的到來，而製作了一批玉蘭花記事本。我聽說那些記事本已經做好了，現在就放在倉庫裡。我們用魔法

把玉蘭花的香味和胡琴的聲音裝進那些記事本裡吧！」

「這倒不是多難的魔法……」囚牛動心了，喜歡音樂的人都希望把自己熱愛的樂曲分享給更多的人。

「那就這麼辦吧！」他點點頭。

於是，玉蘭花仙帶著大怪獸囚牛在那個月亮特別明亮的夜晚，溜進了故宮的紀念品倉庫。倉庫雖然不大，但卻堆滿了大大小小的箱子。玉蘭花仙不知道用了什麼魔法，一下子就把剛剛印好、還帶著墨香的玉蘭花記事本找了出來。

她拿出玉蘭花嫩黃色的花蕊，磨成黃色的顏料，用玉蘭花枝做成的毛筆，為記事本上的玉蘭花圖案點上漂亮的花心。畫片上的花朵，被點上了這樣的花心後，瞬間就散發出了優雅的花香。

囚牛在小小的倉庫裡拉起了胡琴，胡琴發出的聲音不再隨風飄散，而是

變成了蝌蚪般的音符，你挨著我、我挨著你地飄在半空中。一個小小的魔法，它們便像黏土一樣被揉在一起，再被分開時已經變成了記事本中一條條的格子線。只要有人輕輕撥弄書頁，這些格子線就會發出動人的聲響。

香噴噴、會發出聲音的玉蘭花記事本第二天就被擺上了紀念品商店的櫃檯。進入商店的人，眼光會不由自主地被它吸引，不出三天，幾百本記事本都賣光了。

「多麼神奇的魔法啊！」我不禁感嘆。

能買到這麼特別的記事本，我可真幸運。

和囚牛告別後，我和梨花踏著月光急匆匆地往回走。

夜已經深了。路過御花園門口時，我心裡突然冒出了「真想去看看玉蘭花」的想法，腳便不聽使喚地朝花園裡走去。

古玉蘭樹的樹枝朝向天際，光滑的枝幹上開著大朵大朵的白花。樹下面，白色的花瓣羽毛似地撒了一地，在夜色黑沉沉的地面上看起來是那樣的鮮豔。

我深深吸了一口氣，玉蘭花的清香淡淡的，忽遠忽近，和那記事本上的香味一模一樣。

叁

獨角獸的審判

傍晚時分的珍寶館庭院，猶如城市裡的鬧區。

野貓們在這裡聚餐，鴿子、刺蝟、烏鴉甚至黃鼠狼也來湊熱鬧。我是這裡最受歡迎的人，一天之中只有這時候，動物們才會圍著我團團轉。因為我是帶來貓糧、貓罐頭、鳥食和食堂剩下的紅燒肉的人。

「喂，等等！」

鴿子大灰叫住了一隻正準備離開的黃鼠狼。大灰是一隻全身灰色羽毛的鴿子，有強壯的翅膀和比一般鴿子大許多的個頭。

他叫住的那隻黃鼠狼髒兮兮的，腳步慌亂。我認識他，他叫髒毛，因為平時喜歡小偷小摸，名聲一直不太好。

黃鼠狼髒毛回過頭來，小眼睛機警地盯著大灰，突然間，拔腿想跑。

大灰似乎早就料到了，忽閃了幾下翅膀，就擋到了髒毛前面：「站住，你跑什麼？」

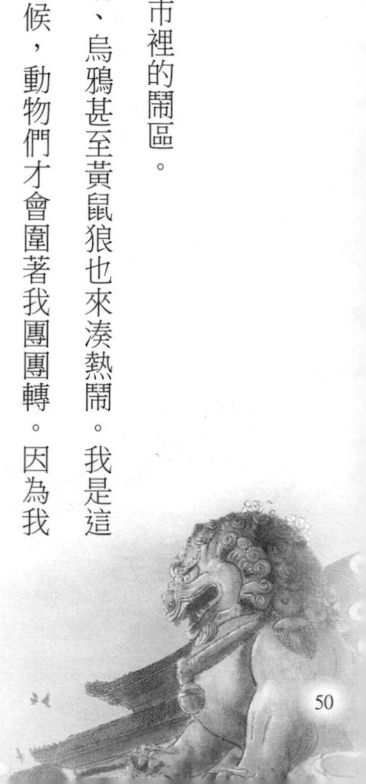

髒毛站住了，滿臉不服氣，說：「幹什麼？這麼不禮貌地擋在別人前面，請放尊重點。」

「說這些沒用的話幹嘛？昨天晚上從撫辰殿溜出來的是你吧？」

一吵架，沒有一會兒，動物們就從四周圍攏來，連飯也顧不上吃了。

黃鼠狼髒毛在眾目睽睽之下，滿不在乎地聳起肩膀，擺開架子說：「我聽不懂你在說什麼。再說，我昨天晚上在哪裡和你有什麼關係？你是員警嗎？是朝天吼嗎？就算是朝天吼也不會讓我無緣無故地在這麼多人面前丟臉。」

「要是你沒做壞事，幹嘛心虛得要逃跑？」鴿子大灰冷笑了一下說，「我應該沒看錯，昨天晚上把撫辰殿屋頂新換上的琉璃瓦弄壞的就是你吧！為了偷吃工人掉在那裡的漢堡，把一排琉璃瓦都碰掉的，就是你，對吧？」

這件事連我都聽說了。正在大修的撫辰殿，昨天剛剛鋪好的一排琉璃瓦，還沒來得及固定好，就在晚上全部掉下來摔破了。那都是一些特別為故宮製作的琉璃瓦，燒製過程很複雜。就因為要重新燒製琉璃瓦，撫辰殿修復完成要比原本預期的至少晚一個月。

「你胡說什麼！」髒毛嚷嚷了起來，「那麼高的地方我們黃鼠狼怎麼爬得上去？屋頂明明是你們鴿子的地盤，出了事卻要賴在我們黃鼠狼身上？」

看熱鬧的動物們亂吵亂嚷起來。黃鼠狼們都開始給髒毛打氣。鴿子們卻都在說，一看髒毛的樣子就不像好人。

「實話實說吧！」大灰理直氣壯地說，「那天晚上你偷吃漢堡的樣子被我看見了，雖然沒看到你怎麼把琉璃瓦弄掉的，但應該就是你沒錯。」

髒毛瞇起了眼睛說：「我說大灰，你什麼時候變成大偵探了？我根本不明白，反正我什麼壞事也沒做，問心無愧。」

鴿子大灰搖了搖頭：「我不是什麼大偵探，這件事要不是影響到我們鴿群，我壓根兒不會管你昨天晚上有沒有偷吃漢堡。可是現在故宮的管理員都

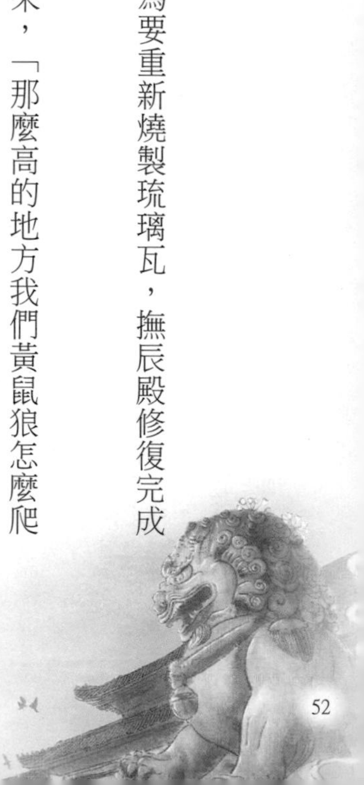

覺得這壞事是我們鴿子幹的。今天早上我還聽見一個管理員說，打算在撫辰殿，甚至旁邊的建福宮花園都拉起防鳥網，不讓我們鴿子在那一帶活動了。我們鴿子一直喜歡吃建福宮花園裡的海棠，現在天氣越來越冷了，食物本來就不好找，這樣做，很多鴿子會餓肚子的。」

鴿子們聽了大灰的話，都大呼小叫起來。黃鼠狼們也絲毫不甘示弱。不一會兒，本來看熱鬧的鴿子們和黃鼠狼們就開始對罵起來。

我皺著眉頭看著他們，這可不是解決事情的好方法。我轉身向旁邊的野貓梨花求助：「這樣不行，情況只會越來越糟，這院子裡有沒鎖上的屋子嗎？」

「有一間，喵。」梨花回答。

於是我站出來說：「你們兩個當著大家的面這樣吵是沒辦法弄清真相的，說不定還會讓鴿子們和黃鼠狼們打起來，這樣對誰都不好。不如單獨去那邊的房間，好好把事情說清楚。」

鴿子大灰看了看身邊火藥味越來越濃的鴿群和黃鼠狼們，點了點頭。讓我意外的是，黃鼠狼髒毛想都沒想就同意了。

野貓梨花帶領我們走進一個小房間，裡面空蕩蕩，只有兩把壞掉了的椅子。

大灰重新開始問話：「這地方不錯。髒毛，大家都知道你們黃鼠狼那些偷雞摸狗的事情，因為偷吃漢堡而不小心弄掉了琉璃瓦，怎麼想怎麼合理，你就趕緊承認吧！」

髒毛卻一點都不示弱：「誰說黃鼠狼就一定會偷雞摸狗了？我們黃鼠狼和其他的動物一樣，一直是規規矩矩地生活在故宮裡的。就算是吃點人類不要的剩飯，也不是偷！」

「你看，你承認了吧！昨天撫辰殿屋頂上的漢堡是你吃的吧？」

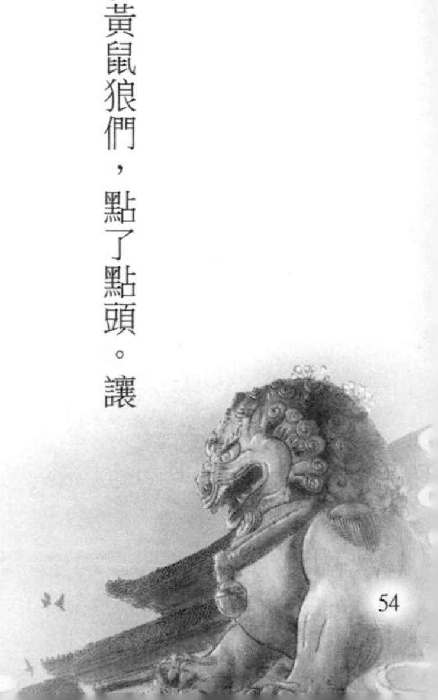

髒毛翻了翻白眼說：「我覺得管理員們猜得沒錯，琉璃瓦就是你們這群傻鴿子弄掉的！每天沒事幹，就在房頂上一蹲，還咕咕……咕咕……」

髒毛一邊學鴿子叫，一邊還學著鴿子走路時頭往前伸的樣子。野貓梨花看得肚子都笑痛了。

這可惹怒了大灰，他揮動起有力的翅膀，眼看就要朝髒毛衝過去了。我趕緊攔在他們兩個中間。

「小雨，妳躲開，讓我教訓教訓這個傢伙！」大灰大聲說。

「你過來啊！看我怎麼咬死你！」髒毛在另一邊不甘示弱。

「好了，好了！」我勸著架，「梨花，妳別笑了，趕緊想想辦法！」

梨花不出聲地想了一會兒，然後點點頭說：「這件事看來只能去天一門解決了。喵。」

「天一門？」我好奇地看著她，跑那麼遠幹嘛？

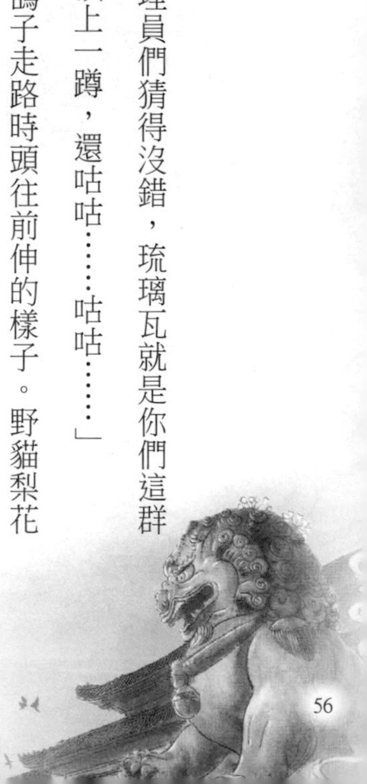

一聽天一門，大灰和髒毛都安靜下來。他們不約而同地看向梨花，一副很害怕的樣子。

「還是不要去天一門的好。」髒毛先退縮了。

大灰冷笑起來：「你害怕了嗎？還是乖乖把你做的壞事承認下來吧！去天一門的話說不定連命都保不住。」

「我才不怕呢！」髒毛立刻說，「去就去，看最後保不住命的人是誰！」

我看看大灰，又看看髒毛，他們在說什麼，我一句也沒聽懂。

「你們看看門外。」梨花用低沉的聲音說，「因為這件事，黃鼠狼和鴿子們已經成為敵人了，只有最公正的審判才能讓大家都平靜下來。所以，只有去天一門了。喵。」

屋子裡安靜了幾分鐘。

「梨花說得對。」大灰說，「去天一門，你敢嗎？」

髒毛咬咬牙說：「有什麼不敢的！」

說完，髒毛第一個走出屋子，大灰緊跟著他，我和梨花最後走出去。

天已經黑了，但是動物們還都鬧哄哄地圍在院子裡，鴿子們站在屋簷下，黃鼠狼們則站得離他們遠遠的。

知道我們要去天一門，院子裡一下子安靜下來。動物們自動為我們讓開路，每個人的眼睛裡都是恐懼。

「天一門不就在欽安殿那邊嗎？為什麼大家都這麼害怕？」我問梨花。

梨花回答：「大家怕的不是天一門，而是守在天一門口的怪獸獬豸。」

「獬豸？」我明白了，「原來你們說去天一門，是要去找獬豸啊！」

故宮裡的大怪獸獬豸，是有名的高智商怪獸。傳說，他不但能聽懂人類的話，而且可以辨別出哪些是真話，哪些是假話。他的眼睛永遠是瞪著的，一眼就能看出哪些人是好人，哪些人是壞人。所以古代的時候，獬豸就代表

公正的法律，所有的官府門口都會有獬豸的塑像。當法官的人還會把裝飾有獬豸形象的帽子戴到頭上。

不過，我在故宮裡很少看到大怪獸獬豸，聽說除了天一門，他很少去其他地方。要是趁這個機會能和他認識一下，我還挺高興的。

和我相反的是，鴿子大灰和黃鼠狼髒毛可一點也不高興，他們一直板著臉，一副緊張的模樣。

深秋的月光如水一般的清澈，御花園裡到處是桂花留下的香氣。

我們來到天一門，那裡沒裝路燈，藉著明亮的月光能看到一隻怪獸正趴在門口。他的個頭有水牛那麼大，渾身長滿了黑黝黝的毛，一雙兇巴巴的眼睛又大又圓。因為他腦門上長著一隻特別大的犄角，所以大怪獸獬豸也被稱為中國的獨角獸。

大灰、髒毛和梨花看見他後都規規矩矩地行了禮，搞得我有點不知所措。

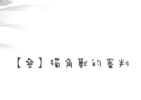

「獬豸大人，我們遇到一件為難的事情，希望您能做出公正的裁決。喵。」梨花說。

我還從來沒見過野貓梨花對誰這麼恭敬過。

獬豸轉過頭看向我們，真是個威嚴的怪獸，目光掃到誰身上，誰就會禁不住發抖。

「我的規矩你們是知道的吧？」獬豸開口了，聲音像秋風一樣沙啞。

鴿子大灰聲音顫抖得像秋天的樹葉：「知……知道，如果誰說了假話，您，您就會……會吃……吃掉誰。」

獬豸滿意地點點頭。

吃掉？我張大嘴巴，深吸了一口冷氣。怪不得提到獬豸時，大家都會那麼害怕。早就聽說，古代時獬豸會用頭上的犄角撞倒做壞事或是說謊的人，然後一口吞掉，沒想到居然是真的！

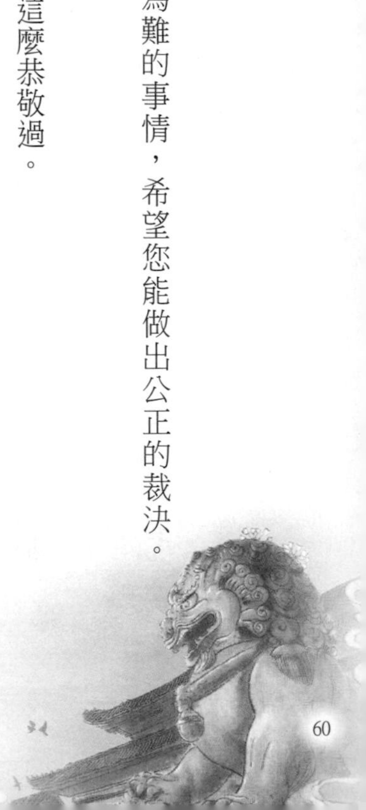

我擔心地看了看黃鼠狼髒毛，心裡默默祈禱他千萬不要被獬豸吃掉。

髒毛的臉上雖然也露出害怕的樣子，但卻沒有往後退縮一步。他壯了壯膽子說：「事情是這樣的，大灰誣陷我，說我弄掉了撫辰殿上的琉璃瓦。」

大灰趕緊解釋：「是我昨天晚上親眼看到的。我飛過撫辰殿時，看見這隻黃鼠狼正在宮殿的屋頂上吃工人掉在那裡的漢堡。第二天一早，我就聽說新裝的琉璃瓦全被碰到地上摔破了，人類現在懷疑是我們鴿子幹的，還打算禁止鴿子們去建福宮花園。」

「我是吃了漢堡，但是琉璃瓦不是我碰壞的！」髒毛大聲說。

「看，看，剛才你還說你沒偷吃漢堡……」

「我從來沒說過我沒吃漢堡！但那不是偷吃，是正大光明地吃……」

大灰和髒毛又你一句我一句地吵了起來。

直到怪獸獬豸低聲說了一句：「可以了。」他們才停止爭吵。

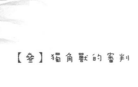

獬豸的眼神在髒毛的臉上停留了一分鐘，又在大灰的臉上停留了一分鐘。

接著，他問大灰：「你看見這隻黃鼠狼碰掉琉璃瓦了嗎？」

「這倒沒有，不過這想想就知道，那天晚上正好他在屋頂，而琉璃瓦就在那天晚上……」

說是這麼說，但是大灰的聲音越來越小，越來越沒底氣。

倒是髒毛變得理直氣壯起來：「你那天晚上也在撫辰殿屋頂上，我怎麼沒說是你碰掉的？」

「我只是路過那裡，沒在屋頂上停留。」大灰解釋。

獬豸又說話了：「我說大鴿子，你是不是對黃鼠狼的印象一直不太好？」

大灰沒說話，低下了頭。

「沒關係，承認也沒關係，這又不是審判。」獬豸輕聲說，「很多人都

會對一些東西有偏見。比如在人類世界，有人可能只是因為長得醜，就被當成壞人。還有狼，因為吃羊而被人認為是壞的動物，需要消滅。再比如黃鼠狼，不光是你們鴿子，很多人也認為他們就是靠偷東西、做壞事過日子。」

獬豸嘆了一口氣，接著說：「但是，這樣想是不對的。緊緊憑藉外表、物種，或是一些和別人不同的生活習慣就判斷一個人、一隻動物是好是壞，這是極不公正的。當然，只憑看到了些什麼就去猜測，那就更不公正。」

大灰一下子緊張了起來：「難道說，我想錯了？我錯怪了髒毛？」

獬豸點點頭，說：「黃鼠狼沒有說假話，琉璃瓦不是他碰掉的。」

大灰一下子往後退了好幾步：「那是說……是說……我會被吃掉嗎？」

我、梨花甚至髒毛這時候都緊張地看著獬豸，替大灰捏了把冷汗。

獬豸搖搖頭：「看來今天晚上我沒有晚餐了。你們都沒有說假話，也都沒有做壞事。我不能因為你的偏見和錯誤的猜測吃掉你。」

說完，獬豸趴了下來，不再說話，也不再搭理我們。

梨花對著大家使了個眼色，於是我們輕聲與獬豸告別，輕手輕腳地離開了。

「髒毛，我向你道歉。」

回到珍寶館，大灰當著大家的面說：「我保證，再也不會看不起黃鼠狼了。」

「我接受你的道歉！」髒毛仰著下巴驕傲地說。

也就是第二天，我就聽修理撫辰殿的叔叔說，琉璃瓦的事情已經調查清楚了。原來那天一個工人因為疏忽少做了一道工序，所以琉璃瓦才會在晚上風大的時候被吹掉。既然明白不是鴿子們惹的禍，撫辰殿和建福宮花園的防鳥網自然也就不會裝了。對鴿子們來說，這絕對是個好消息！

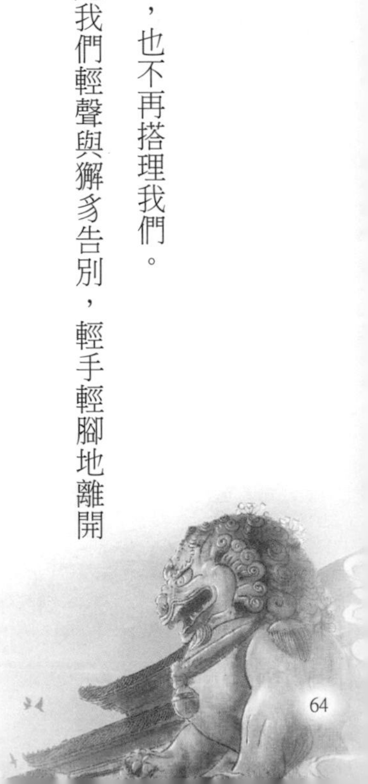

肆

怪獸食堂

在金水河邊踢毽子，不知不覺四周就暗下來了。風湧來，抬頭一看，天空已經是灰濛濛的一片。

是去吃晚飯的時候了。我把毽子塞進背包，往食堂走去。還沒走幾步，就看見前面有一個小小的身影，正蹲在金水河邊的圍欄上忙著什麼。我輕手輕腳地走過去，天呀！一隻黃鼠狼拿著長長的魚線在釣魚呢！

我從他背後湊過去。

「喂！」我招呼道。

黃鼠狼被我嚇了一跳，身體搖搖晃晃地，差一點從圍欄上掉到金水河裡。我趕緊拉了他一把，幫他站穩。

他有點生氣地看了我一眼，接著釣起魚來。

我更好奇了，就故意拖長了聲音問：「你在幹什麼呢？」

黃鼠狼不客氣地說：「妳沒看過釣魚嗎？」

「這裡有魚嗎？」

「沒有魚我水桶裡的是什麼？」

這時候我才注意到，他旁邊紅色的塑膠桶裡已經放了好幾條又肥又大的魚。沒想到黃鼠狼還是釣魚高手，我點點頭。

「這麼多魚，夠吃了吧？」

「還不夠，還不夠。」黃鼠狼搖著尾巴說，「要做柳葉烤魚、鮮筍燴魚、清蒸魚……還要再釣一些魚才行。」

黃鼠狼吃魚還要這麼多做法，真是前所未聞的事。就算故宮裡的食堂，大師傅煮魚也不過就是紅燒或者燉一燉，什麼烤魚、燴魚，連我都沒吃過。

我終於忍不住，「嘿嘿」笑出了聲：「為什麼要這麼麻煩？黃鼠狼不都是生吃的嗎？」

黃鼠狼轉過頭來，用一雙像塗了厚厚眼影的眼睛看著我，傲慢地說：「我們的食堂可是故宮裡最頂級的食堂。」

我差點沒跌個跟頭，黃鼠狼的食堂？

「再怎麼頂級，也不可能比我們人類的食堂好吧……」我撇撇嘴。

黃鼠狼立即回敬了我一句：「你們的食堂怎麼能和我們的食堂比。」

我氣呼呼地瞪著他：「什麼意思？」

黃鼠狼一挺胸說：「我們食堂裡的客人都是高貴的客人。」

我不服氣地「哼」了一聲：「什麼高貴的客人，不就是黃鼠狼嗎？」

「我們的客人都是故宮裡的怪獸和神仙。」黃鼠狼說，「當然，動物們也經常來。人類我們都不接待。」

「怪獸和神仙？」我愣住了。

「是的。」黃鼠狼得意地說，「故宮裡的怪獸和神仙們都超喜歡到我們食堂來吃飯，龍都經常來呢！雖然叫食堂，但比人類的飯店不知道要好多少

倍。」

怪獸和神仙們吃黃鼠狼做的飯？我翻了一下白眼，「我才不信呢！」

黃鼠狼被我激怒了：「妳要是以為我說謊，就去親眼看一看。從這扇門進去，往右轉，繞到坤寧宮後面，穿過坤寧門就可以看到我們的食堂了。」

我不甘示弱地說：「走！那就去看看。」

黃鼠狼卻一點也不著急地看著水面說：「等我再釣兩條魚。」

這樣說著，魚就上鉤了。黃鼠狼收緊魚線，俐落地把魚從魚鉤上取下來，扔進塑膠桶裡，然後再把魚鉤朝水裡遠遠地一拋。

「怎麼連魚餌都捨不得放？」我諷刺著他。

「我可瞧不起只會用蚯蚓釣魚的人。」黃鼠狼聲稱，「魚鉤上的線團是我親手編織的，只有用線團釣魚的人才是高手，那些把蚯蚓穿在魚鉤上的人什麼都不懂！」

沒過多久，又一條肥大的鯉魚上鉤了。

「現在走吧！我幫妳帶路。」

黃鼠狼收起魚竿，提起裝滿魚的塑膠桶。

他看了看墨色的天空，嘟囔了一句：「要快一點了……」

我們沿著金水河右轉，順著琉璃瓦扶梯，穿過坤寧宮前寬闊的廣場，繞到宮殿後面的坤寧門，從這扇門進去就是御花園了。

這是一個暖和而美麗的夜晚。遠處飄來淡淡的一股花香。

黃鼠狼走得飛快，我跟在他後面，兩條腿小跑了起來。

剛進坤寧門，我就看到一塊牌子：

「小心！本食堂有怪獸出沒！」

哈哈，真有意思！我的心興奮得怦怦跳了起來。

到底是怎樣的食堂呢？可以容納下怪獸的食堂肯定特別大吧！或許是御

花園裡哪座宮殿改造的吧！高高的宮殿裡，整整齊齊地擺著桌子，推開門，是一個古香古色的餐廳，桌子上鋪著桌布，桌布上，放著可以發光的夜明珠。說不定還有花精們為顧客唱歌……

我這樣想像著，眼前的景象卻越來越奇怪。

御花園的坤寧門前，只有一張報紙大小的木牌，上面寫著：「怪獸食堂歡迎您」。

我知道到達目的地了。可是，這裡除了兩棵開滿花的古楸樹外，連個房子的影子都沒有，更不要說什麼食堂了。

「到了。」黃鼠狼說。

「食堂……在哪？」我四處張望。

「那裡！」黃鼠狼指著一棵古楸樹的後面。

正是古楸樹開花的季節，淡紫色的樹花被風一吹，落了滿地。

我慢慢繞過第一棵樹。樹下，沒有我想像中的桌子、椅子、唱歌的花精，有的只是厚厚的花瓣上面幾塊格外大的棉布墊子。棉布墊子是用超漂亮的布縫成的，藍色的底子上，是翠綠色如意的圖案，色彩華麗得讓人眼睛發直。怪獸、神仙和動物們悠閒地坐在布墊子上，一邊吃著黃鼠狼們端來的食物，喝著香噴噴的花茶，一邊小聲閒聊著。有暖風吹過，頭上的樹花就如雨一般地落下來，還真是一家有情調的食堂。

黃鼠狼不知道什麼時候已經放下了手裡的魚，跑到了我面前。

「現在食堂的座位已經滿了，沒辦法，生意太好，地方又有限。」他搓著兩隻手，有些為難地說，「妳看……妳能不能先去廚房幫幫忙，等有了座位，我請妳吃飯。」

「這裡不是不接待人類嗎？」我嘟起嘴。

「沒辦法，今天晚上客人多，人手有點不夠。」黃鼠狼用商量的口氣說，

「不過，妳是擁有洞光寶石的人類，那樣的話接待妳也不算犯規。妳要是能來幫忙的話，今天晚上的晚餐就不用付錢了，怎麼樣？」

「不過，我不會做飯……」一聽可以免費吃好東西，我有點猶豫。

「沒關係，能打打雜也好。而且我們這裡也沒什麼難做的菜，稍微學學就可以。」

「那好吧！」我點點頭。能免費吃一餐怪獸食堂，花點力氣又算什麼，何況我根本就沒帶錢。

「太好了！」黃鼠狼眼睛眨巴著，說：「那請跟我來吧！」

我們繞過古楸樹，來到一片矮樹叢的後面。這裡居然藏著一間漂亮的露天廚房。

這廚房非常豪華，讓人覺得像大飯店的廚房。青磚砌的爐灶又大火又旺，所有的刀都被擦得閃閃發光，雕花的木櫃子裡擺滿了銀色的鍋和青花的瓷盤

子。敞開的櫥櫃裡面，整齊地擺著一排排的玻璃調味瓶，數量多得數不清。檯面上擺著水水的新鮮蔬菜、活蹦亂跳的活魚、油光閃亮的醬肉、冒著熱氣的蒸糕……好吃的東西多得讓人數不清。

黃鼠狼們站在爐灶前面，繫著潔白的圍裙，戴著包住耳朵的頭巾，一邊切菜一邊攪動著巨大的銀鍋，不時把不同的調味料撒到鍋裡。不一會兒，鍋裡就冒出了誘人的香味，我不禁頭暈眼花了。

黃鼠狼們還真有兩下子！

「幫忙把這些菜串起來吧！」

帶我來的黃鼠狼，遞給我一個小竹籃。裡面裝的居然是滿滿一籃子楸樹花。

「這也能吃？」我瞪大了眼睛。

「油炸楸樹花好吃極了。特別是御花園裡的這兩棵古楸樹上的花，都是

一等貨。正是開花的季節，味道好還特別有營養。」黃鼠狼一股腦兒地說。

「哦！」我點點頭。

我把散發著花香的楸樹花穿成串，學著旁邊黃鼠狼的樣子，在雞蛋液裡滾一下，就看著它們「刺啦啦」地下了油鍋。炸完的楸樹花黃澄澄的，看起來挺好吃的。

緊接著，我開始幫另一隻黃鼠狼做奶油炸糕。

用放了油的麵糰，包上白糖、芝麻、山楂，最後放點奶油，包好後放到油鍋裡去炸。

「奶油炸糕可是我的拿手菜。」那隻黃鼠狼一邊做一邊和我吹噓起來，「我爺爺的爺爺足足在坤寧宮神廚的房樑上趴了三天三夜，才從大廚師那裡偷學來的，然後一代一代地傳到我這裡。」

「怪獸和神仙們愛吃奶油炸糕嗎？」我好奇地問。

「當然，早在皇帝們祭祀神獸和神仙們的時候，這道菜就一直是不可少的。」黃鼠狼說，「聽說，以前每個進入神廚的廚師，考試就要做奶油炸糕呢！」

「胡說！」突然，一隻長了白眉毛的黃鼠狼說，「神廚廚師考試的菜明明是燒賣。」

「你懂什麼？」做奶油炸糕的黃鼠狼不服氣了，「我爺爺親口告訴我的，就是奶油炸糕！」

「是燒賣！」白眉毛黃鼠狼堅持說。

「奶油炸糕！」

「燒賣！」

「奶油炸糕！」

「燒賣！」

……

就在我不知道該怎麼勸他們的時候，帶我來到這裡的黃鼠狼告訴我，我可以去吃飯了。於是，我解下圍裙，離開了熱鬧的廚房。

夜有點深了，怪獸食堂裡仍坐滿了客人，有怪獸，有神仙，也有動物，完全不一樣的相貌，卻溫馨、和諧地坐在一起。

我坐到軟綿綿的墊子上，古楸樹的花不時落到我頭上，為我戴上花冠。我眺望著月亮，明亮的月光比夜明珠更適合這個花樹下的食堂。

等了好一會兒，黃鼠狼終於上菜了。

他驚人地一下子端上來五六個盤子。

「這是油炸楸樹花，味道比較淡，請先品嚐它。如果很餓，稍後可以嚐嚐槲葉餑餑，是用高粱米做的，裡面包著豆餡。這個時節，槲樹葉有股特殊的香味。這是鮮筍燴魚，這種魚肉嫩，但是刺有點多，要小心一點……」

一轉眼，我的面前就擺滿了豐盛晚餐。無論哪一道菜，都好吃得不得了，用語言根本無法形容。我一邊吃一邊想，黃鼠狼沒有吹牛啊！怪獸食堂真的比我們人類的食堂厲害多了。

趁著黃鼠狼來幫我收盤子，我好奇地問：「你們是怎麼學會做菜的呢？」

「這個啊……」黃鼠狼聽了我的問題，索性在我旁邊坐下來說，「最初，故宮裡還住著皇帝的時候，神獸和神仙們的飲食都是各座宮殿裡的神廚負責的。神廚和御廚差不多，只不過御廚是做飯給人吃的，而神廚是做飯給神仙們吃的。」

「後來沒有了皇帝，人們搬出了故宮。可是神仙和神獸們仍然守在這裡。」黃鼠狼接著說，「於是，我們這個黃鼠狼家族就接下了這個任務，把神廚搬出了宮殿，搬到了這裡。」

「你們家族？」

黃鼠狼驕傲地說：「我們這個家族可不是一般的黃鼠狼家族，我們代代都生活在神廚的灶洞裡，所以，只有我們知道神獸和神仙們吃什麼。」

「好厲害。」我由衷地說。

黃鼠狼微微一笑說：「其實，剛剛接過這個差事也很辛苦。最初，我們的祖先只會做幾樣簡單的點心，其他東西只能憑記憶一點點地嘗試。雖然很艱辛，但是經過努力我們還是成功了。現在不要說奶油炸糕、灑糕這樣的小點心，像菜包鴿鬆、糯米鴨子、怪獸火鍋這樣的大菜也完全沒問題。」

我被黃鼠狼的認真態度感動了。當神仙和神獸們在漸漸被人們淡忘的時候，居然還有這麼一群小動物惦記著他們，用自己微薄的力量努力為他們服務，努力把他們留在故宮裡。

「真了不起。」我不由得說。

黃鼠狼吃驚地看著我：「妳說什麼？」

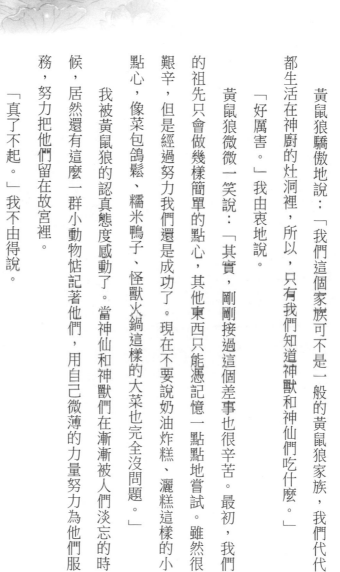

「我說，你們真了不起！」我大聲說，「故宮今天還有這麼多神獸和神仙們保護著，多虧了你們！」

黃鼠狼不好意思地撓撓後腦勺：「還從來沒有人這麼說過呢！」

「你們會一直做下去吧？」我問。

黃鼠狼肯定地點點頭說：「其實這也是一門不錯的家族生意，收入雖然不多，也很辛苦，但是我們成了故宮裡地位最高的黃鼠狼家族。」

也不知道為什麼今天胃口那麼好，黃鼠狼端上來的菜，居然被我吃得一乾二淨。

飯後，黃鼠狼又端來了桃花瓣泡的茶。

「我還可以再來嗎？」我小心地問。

黃鼠狼點點頭說：「只要洞光寶石在妳身上，妳就算是半個神仙，就可以隨時到這裡吃飯。」

「神仙？」我吃驚極了，還是第一次有人把我和神仙扯上關係呢！

「會魔法的人類，不就是半個神仙嗎？」黃鼠狼笑瞇瞇地說。

我低頭看看胸前的洞光寶石耳環，多虧了它啊！我才可以吃到這麼美味的食物。

夜色已經深了，我準備離開。

「我一定會再來的。」我對黃鼠狼說。

黃鼠狼閉上一隻眼睛，做了個鬼臉說：「下次一定要帶錢啊！」

我興奮極了，頭上頂著古楸樹的樹花，蹦蹦跳跳地回到了媽媽辦公室。

伍 城隍爺的煩惱

在杏樹下踮著腳尖站了十幾分鐘，我的腿都站麻了。但無論我怎麼努力，還是夠不到樹稍上的風箏。

「你來幫幫我啊！」

我埋怨地看著楊永樂。

這個春天，他的個子長得特別快，已經比我高出半個頭了。

聽見我叫他，楊永樂不情願地走過來說：「要是被我舅舅知道我溜進了城隍廟，肯定要挨罵！」

「少說兩句，快去拿風箏吧！」我催促他。

正是杏花開放的季節，城隍廟的杏花比別處的要更好看，是那種精心調出來的胭脂般的粉色，遠遠看去就像一團粉色的朝霞。

「拿到了！」

楊永樂一隻手高高舉起綠色的風箏，花瓣被他碰落了一地。

突然，他的手停在了半空中。

「我好像聽到一點動靜。」他說。

「你聽錯了吧！我早就打聽好了，今天研究院沒人值班。」

說是這麼說，我還是向四周望了望。沒留神，四周已經暗了下來，風湧來，遠處的天空染上了一層淡紫色。

城隍廟在故宮的西北角。一進去先要穿過山門，走上幾步就到了廟門，過了廟門穿過院子就會看見正殿。

聽說，故宮裡還住著皇帝的時候，這座廟裡供著一位城隍爺。他是故宮的守護神，不但保佑著故宮裡所有的宮殿，還把守著金水河。不過，我從來沒見過這位神仙，也沒看到過他的塑像。現在，這裡是故宮研究院的辦公室。這個時間，研究院的叔叔阿姨們已經下班了。

「沙沙沙，沙沙沙……」

等等，院子裡的什麼地方確實發出了奇怪的聲音。我屏住了呼吸，睜大眼睛看著楊永樂。他看起來比我還要害怕，一下子把風箏塞到了我手裡。

哼！這個膽小鬼。

「啪、啪、啪……」

緊接著，研究院的辦公室裡隱隱約約的傳出了腳步聲。難道還有人沒走？可是辦公室的大門明明是鎖上的啊？

我們正打算逃跑，還沒等我邁開腳步，就被眼前的景象嚇得癱坐到了地上。

一個黑影，巨大的黑影，從辦公室裡的窗戶爬了出來。

「誰？」

楊永樂一下子打開手電筒，手電筒的光束照到那個黑影上。我大吃一驚，手裡的風箏都掉到地上了。

「這怎麼可能呢？」

一個足足有兩米高的巨人站在我們眼前，他穿著特大號的紅色長袍，戴著黑色的烏紗帽，留著又黑又長的鬍鬚，一雙大腳上套著黑色的朝靴。如果不是他的個子實在太大的話，我可能會把他當作一個沒來得及卸妝的京劇演員。

「我的媽呀！」這個巨人看見我和楊永樂後，比我們還吃驚，「這裡怎麼還會有人？我要知道這裡有人，來之前就應該找觀音菩薩幫我算一卦。」

「你是誰？」我一邊問一邊往後退了好幾步。

「我是誰？」巨人有點納悶地看著我，又看看楊永樂，「你們不認識我？」

楊永樂皺著眉頭想了一會兒才說：「是看起來有點眼熟……」

「你們居然不認得我？」那巨人露出傷心的模樣，「看來你們已經把我

忘了。」

說著，他竟然哭了起來，大顆大顆的眼淚掉在地上，「啪嗒」作響。

這下我和楊永樂都嚇到了，我們應該認識他嗎？難道他是歷史書裡提到過的哪個名人？還是我們在什麼地方見過他？

我搖了搖頭，這樣的大個子，如果見過我一定不會忘記的。

「嗯……對不起……您是？」我輕聲問。

「我是這裡的城隍爺啊！」他顯得委屈極了。

「城隍爺？」我和楊永樂同時大叫出聲。

雖然很早以前就聽說過有城隍爺這麼一位神仙，但長這麼大，我還沒見過城隍爺的模樣。記得很小的時候，我爺爺告訴我，北京城裡曾經到處都是城隍廟。但不知道從什麼時候起，北京的城隍廟全都變成了高樓大廈。人們早就不再祭拜城隍爺，就連故宮裡也是一樣。從一九二五年故宮博物院成立，城隍廟就變成了辦公室，我們連城隍爺的影子都沒見過。

「您從哪來呢？」楊永樂用極其尊敬的口氣問。作為一個薩滿巫師，他顯然正在為不認識城隍爺這件事而自責。

「我是從雍正四年穿越過來的。」城隍爺回答說，「城隍爺能夠穿越時空這件事，你們應該知道吧？」

看到我們搖頭，他露出失望的神情。

我問：「您的意思是時間旅行？就是從幾百年前一下子跳到現在？」

「對！就是這個意思。這對我來說只是小事一樁。」城隍爺得意地說。

「好厲害的法術！」楊永樂由衷地說，「不過，您為什麼要穿越過來呢？」

「等我慢慢講給你們聽。」

城隍爺受了鼓舞，高興起來。他在袖子裡摸了摸，找到了需要找的東西，

接著就掏出一個巨大無比的太師椅，一屁股坐了上去，還蹺起了二郎腿。

「我們城隍世世代代都是城池的保護神。人們為我們修建城隍廟，供奉我們，而我們也保護著城市、土地、河流，盡量給人們帶來幸福。老百姓們雖然一直很尊重我們，但是皇帝……」

「哪位皇帝？」楊永樂問。

「大多數皇帝，對，其實在清朝以前，除了明朝朱元璋皇帝對我們城隍格外尊重外，其他的皇帝都不太重視我們。當然，朱元璋皇帝尊重我們主要是因為他出生在土地廟，而土地爺可是我們城隍的下屬……」

「可是您剛才說，您是從清朝穿越過來的。」楊永樂提醒他。

「是的，是的。」城隍爺點點頭說，「我是從清朝雍正四年穿越過來的。說起來，雍正皇帝真是一位了不起的皇帝。他在成為皇帝的第二年，就把我定為他的保護神。你們要知道，做皇帝的保護神哪怕對我們神仙來說也是極大的榮譽。」

看我們都沒吭聲，他繼續講下去：「雍正皇帝第一次祭拜城隍時，我就高興得在他面前顯靈了……」

「顯靈？」我有點不明白。

「對，就像今天我出現在你們面前這樣，出現在了雍正皇帝面前。但也不完全一樣，在皇帝面前顯靈當然要做得更威風一點，噴點雲霧，閃閃金光什麼的……」說到這，他突然想起了什麼事，一下子從太師椅上站了起來。

「時間不早了，你們兩個孩子趕緊回家吧！我還有正事呢！」

「等等！」楊永樂說，「您還沒告訴我們，您穿越過來幹什麼呢？」

「這個……當然有我的任務。」

「是雍正皇帝讓您來的嗎？」我追問。

「話不能這麼說。」城隍爺回答時，臉上居然露出了害羞的紅色。

「告訴我們吧！也許我們還可以幫助您。」楊永樂懇求道。

聽了這話，城隍爺有點動心了。「如果你們真想知道，那我就告訴你們吧！」

他重新坐到太師椅上，挪了挪屁股，讓自己坐得更舒服一點。

「就像我剛才說的那樣，我一高興就在皇帝面前顯靈了。神仙顯靈，當然要做點什麼。如果皇帝想要金子和寶石，那我就會送給他金子和寶石。這不是什麼難事，哪個神仙不知道幾個金礦和寶石礦呢？可是雍正皇帝卻沒提出這個要求，那會兒他的將軍正在青海打仗，很多士兵因為高原反應而病倒，所以他要我想辦法幫助他的士兵。說實話，我是城隍，又不是藥王。這種要求真的有點為難我……但是如果我不能滿足他的願望，他一定不會再祭拜城隍了，所以……」

我和楊永樂睜大眼睛等著他說下去。

城隍爺聳了聳肩，接著說：「我曾經穿越到二十一世紀旅遊，知道這裡的人已經發明了很多東西。所以我就穿越過來，在藥店買了治療高原反應的小藥丸和一些氧氣罐。要說起氧氣罐，那玩意兒可真重，把我累壞了。」

「您把這些獻給了雍正皇帝？」楊永樂問。

「不，我直接把這些東西運給了他在青海的軍隊，結果問題就解決了！」城隍爺得意地笑笑。

「那您今天穿越過來幹什麼？難道是藥丸不夠用了？」我眨著眼睛問。

城隍爺搖著頭說：「不，那都是兩年前的事了，雍正皇帝已經贏得了那場戰爭。現在那邊的時間是雍正四年，這兩年雍正皇帝越來越重視我了。就是今年，他居然在故宮裡專門為我建立了廟宇……」

「城隍廟？」

「沒錯！」城隍爺高興得手舞足蹈，「要知道，從來沒有皇帝在皇宮裡

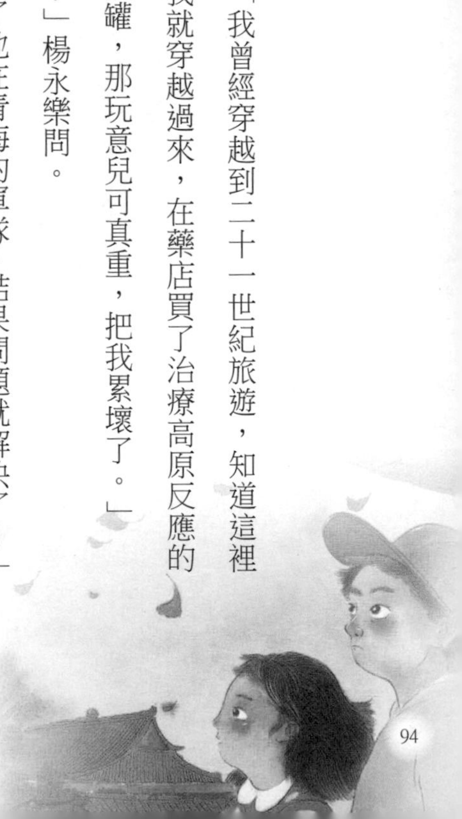

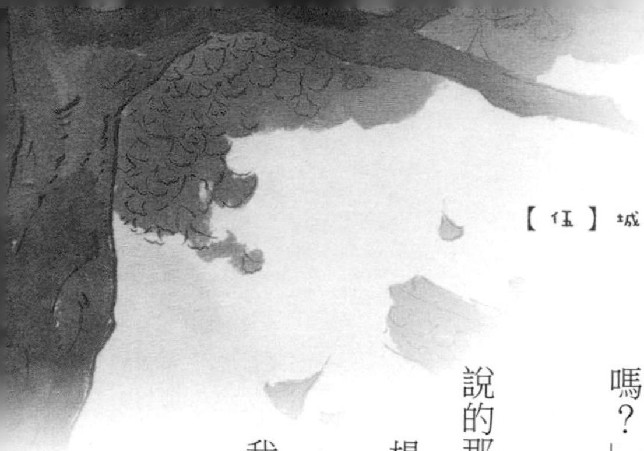

修建城隍廟，我真是光宗耀祖了！」

「於是，您一高興就又顯靈了？」楊永樂在一旁喃喃地說。

「你怎麼知道的？」城隍爺驚訝地看著他，「你說得沒錯，我又顯靈了。於是……」

「雍正皇帝又向您提出了自己的願望，而您發現，這恰恰又不是您擅長的，於是就決定再一次穿越到二十一世紀來找解決問題的辦法，我說得對嗎？」楊永樂一口氣說完。

「哇嗚！你也是神仙嗎？」城隍爺的眼睛睜得更大了，「沒錯，就像你說的那樣。」

楊永樂撇了撇嘴說：「我不是神仙，但是這好像並不難猜……」

「那這次，您穿越過來是來找什麼東西的呢？」

我打斷他們，時間已經不早了，可是我們到現在還是沒弄清楚城隍爺是來幹什麼的。

城隍爺回答：「是這樣，和其他皇帝不一樣，雍正皇帝不喜歡金子和寶石，也不喜歡美女。他的愛好有點奇怪，那就是戴眼鏡。這也不怪他，他四十五歲當皇帝的時候，就近視得很嚴重，沒有眼鏡什麼都看不見。可是清宮造辦處製造的眼鏡都是普通玻璃做的，特別容易摔破，騎馬打獵的時候戴很不方便。雍正皇帝已經連續兩年都沒有自己親手打到過獵物了，這對清朝皇帝是很丟人的。所以，他希望我可以給他一副摔不破的眼鏡。當然，這也不是我擅長的……」

城隍爺有點不好意思地低下頭。

「您是來給雍正皇帝配眼鏡的？」

這真的有點出乎我的意料。

「是的。」城隍爺點點頭，他問，「你們知道這種眼鏡在哪裡賣吧？最

好不要太貴，雖然我不缺金銀財寶，但是你們這裡的貨幣我可沒有太多。」

「您說的摔不破的鏡片在二十一世紀很常見。我們叫它樹脂鏡片，所有的眼鏡行裡都在賣這種鏡片。我表哥戴的那種新型鏡片更厲害，哪怕打籃球的時候掉到地上，踩上幾腳，那眼鏡也不會破。」楊永樂說，「不過，配眼鏡需要知道度數，您知道雍正皇帝眼鏡的度數嗎？」

「我帶了一副他的眼鏡，眼鏡行應該有辦法知道度數。」城隍爺得意地笑了笑說，「這方面我總是很細心。」

他收起太師椅，看了一眼墨色的天空。「希望這個時候眼鏡行還沒關門。」

楊永樂看看手錶說：「現在還不到八點鐘，應該還有眼鏡行開門。不過你就打算這副模樣去眼鏡行嗎？」

城隍爺搖了搖食指說：「我才沒有那麼傻，我這個樣子太顯眼了。首先我會找一個人，給他些錢請他幫忙……」

他突然停了下來，看看我，又看看楊永樂，用手拍了一下腦門。

「嘿！我怎麼才想到。我要找的人不就在我面前嗎？」他眼睛閃著亮光說，「孩子們，幫我這個忙怎麼樣？如果成功了，我可以給你們些零用錢……」

楊永樂有點猶豫。我卻打算幫城隍爺這個忙。

我回答說：「我們可以幫你這個忙，而且不需要你給我們什麼零用錢。」

「好孩子！」城隍爺高興地從袖子裡掏出一副圓圓的眼鏡，和幾張一百面額的紙幣。「這是雍正皇帝的眼鏡和錢，千萬別弄丟了。」

我和楊永樂拿著眼鏡和錢一路跑到街上，附近的眼鏡行還亮著燈，穿著制服的女店員正準備關門。

「阿姨，我們想配副眼鏡。」楊永樂說。

「已經停止營業了，明天再來吧！」女店員抱歉地說。

「明天就來不及了……」楊永樂拉住女店員的袖子。

「這麼急嗎？」女店員眨了眨眼睛，「那就進來吧！」

「太謝謝您了！」

我們把雍正皇帝的眼鏡放到透明的玻璃櫃檯上。

「這個可以測出鏡片的度數吧？」我問。

女店員拿起眼鏡看了看，才回答說：「這並不難，這是玻璃鏡片，測一下弧度就知道度數了。不過這副眼鏡是你們爺爺的吧？看起來像老古董。」

我和楊永樂互相看看臉，誰也沒說話。還好，女店員沒有接著問下去。

她問：「你們想配什麼樣的眼鏡呢？」

楊永樂簡單描述了一下：不會摔破、鏡片品質特別好的眼鏡。

女店員點點頭說：「就是那種學生眼鏡啊！那種眼鏡的鏡片專門為活潑

的學生研製出來的，無論他們怎麼跑怎麼跳，鏡片都不會摔壞。沒想到你們的爺爺居然喜歡那種眼鏡。」

她說完，拿出一把奇怪的小尺測量起眼鏡的度數來。

「爺爺戴黑色的鏡框怎麼樣？」

「有黃色的嗎？像故宮琉璃瓦一樣的明黃色？」我問。

「爺爺喜歡鮮豔的顏色嗎？」女店員捂著嘴笑了。

這之後，我填好了聯絡人表格，又付了錢。女店員把粉紅色的取貨單交給我，「三天後來取吧！」

「能快一點嗎？」我追問。

女店員搖搖頭說：「這已經是最快的了。」

回到城隍廟，我們把取貨單交給城隍爺。

「二十一世紀的人果然厲害。」城隍爺佩服地說，「清宮造辦處打造一

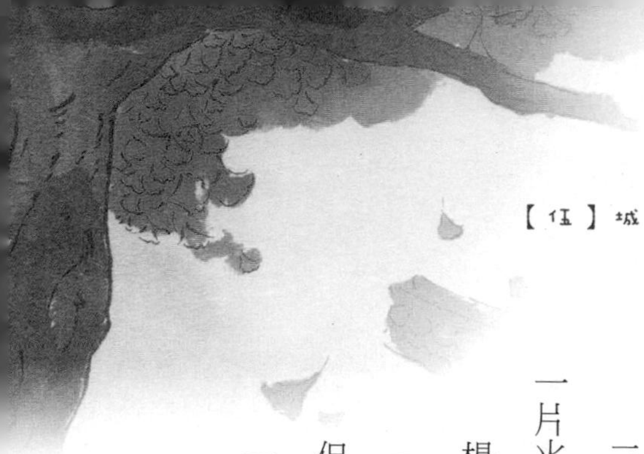

副眼鏡要一整年的時間，這裡居然只需要三天就可以，簡直趕上神仙的速度了。」

他把取貨單裝進袖子裡，和我們告別：「我三天後再來。告辭！」

說完，他走到研究院辦公室的窗戶前，一邊費勁地擠進去，一邊抱怨著：「怎麼不知道把窗戶修得大一點……」

三天後的傍晚，我和楊永樂早早就等在城隍廟的院子裡了。黃昏的天空一片火紅，把杏花都映照成了紅色。

楊永樂靠在杏樹上，嘴裡叼著柳葉。

「我希望他能早點來，不要等到眼鏡行快關門的時候。」他說。

但城隍爺顯然不這麼想。一直到了超過七點，天都黑了，他才出現。

「你們好！」他打了個招呼，「今天晚上又要麻煩你們了。」

他從袖子裡先後掏出太師椅、小方桌、茶壺、茶杯……最後才掏出那張粉色的取貨單。

「等你們的時候會有點無聊，」他解釋，「我打算在杏樹下面喝點茶。」

「我真想知道你的袖子裡到底能放多少東西？」我讚嘆，這看起來比魔術厲害多了。

城隍爺吹牛說：「我想能放下一整個城市。」

我們這次到眼鏡行的時間比上次早一點，女店員正在擦拭架子上的展示品。

「眼鏡已經送來了。」她放下手裡的抹布，從玻璃櫃下面的大抽屜裡拿出一個黑色眼鏡盒。

「就是這個，看看怎麼樣？」

我打開眼鏡盒，眼鏡很輕，明黃色的眼鏡框是有彈力的橡膠，可以隨意

彎折。

「真的摔不壞嗎？」我有點懷疑。

「妳可以現在就摔一下試試，在這裡摔壞，我會賠償。」女店員自信地說。

我猶豫了一下，就把手裡的眼鏡扔到了地下。果然，眼鏡像皮球一樣彈跳起來，然後穩穩地落在地面上，一點都沒壞。

我們謝過女店員，一路小跑回到城隍廟。

「就是這個嗎？」城隍爺小心地捏起眼鏡，讚嘆道，「這麼輕？真不知道你們人類是怎麼做到的。」

他滿意地把眼鏡塞進袖子，接著又把太師椅、小方桌、茶壺、茶杯都塞了進去。

「非常感謝！」他說，「很高興認識你們，希望以後我們還能相見。」

說完，他就準備離開了。

「等等！」楊永樂叫住了他。

城隍爺回過頭，納悶地問：「還有什麼事嗎？」

「為什麼你不留在現在的故宮裡？很多神仙不都留在這裡嗎？」楊永樂問。

「留在這兒？」城隍爺搖著他那顆巨大的頭說，「不，我不喜歡現在城隍廟的樣子。桌子上放的那些奇怪的白盒子、黑盒子，還有亂七八糟的書都是給我的供品嗎？我真想勸勸擺供品的人，如果換成玉堂春富貴花或者素菜，我會更喜歡些。」

「原來是這樣。」楊永樂點點頭。

「那就再見了！」

城隍爺擠進了辦公室的窗戶。

我們誰也不忍心告訴他，今天的城隍廟早已不再是祭祀城隍爺的地方。那些被他當作供品的東西，其實是辦公人員的電腦和參考書。這裡早已沒了城隍爺的立足之地。

陸 天馬的麻煩

春天就是一個容易碰到老朋友的季節。

碰到怪獸天馬是在臨溪亭前，在一個深紫色的春天的傍晚。

自從幫助天馬成為故宮裡的天馬計程車後，我就很少能看到這隻擁有漂亮駿馬外形、雪白翅膀的怪獸了。聽說，他的計程車熱門得不得了，想乘坐的話必須預約，連龍和怪獸們都爭相乘坐，更別提動物們了。畢竟天馬是可以追風、隨意在天空飛翔的怪獸啊！

可是，今天晚上的天馬卻顯得很悠閒。

「沒有人預約計程車嗎？」我和他打了招呼。

天馬皺著眉頭說：「我把所有的預約都推掉了，最近總是碰到怪事呢！」

「什麼樣的怪事？」我問。

天馬嘆了口氣說：「我告訴妳，妳可不要跟別人講。因為我知道妳不會笑我，可是別人就不一定了。我也正想說給人聽，就這樣憋在心裡，難受死

了。我真希望小雨妳聽了，能告訴我，根本就沒有那種事才好呢！」

「聽起來挺奇怪的。」我更好奇了。

「的確特別奇怪。事情發生在大約十天前的晚上。在鍾粹宮的位置，一隻化了妝、打扮得很漂亮的老鼠預約了我的計程車。看樣子她有點不舒服，從騎上我的脊背起就一直捂著肚子，臉上很痛苦的樣子。我問她是不是病了，她也不回答……」

「會不會是啞巴？」

天馬搖搖頭說：「不是的，上車前她還跟我說要去御膳房那邊。但一路上無論我和她聊什麼，她都不說話。我當時想，可能是天生不愛說話的老鼠，這種乘客我以前也遇到過。倒也不奇怪。」

「嗯！」

「奇怪的事情在後面。」天馬接著說，「到了御膳房，她從我背上滑下來說，為了感謝我，要送我一點禮物，讓我在門口等她一會兒。妳知道的，我從來不收車費，所以經常會有乘客送禮物當作心意。」

這我知道，龍因為坐了天馬計程車，特意送了夜裡也會發光的夜明珠給他。桂花仙子也送過花當作禮物。

「可是，這次我等了很久，老鼠都沒有出來。」

「會不會是忘了？」我問。

「我也是這麼想，本來打算離開了。結果發現她忘了一個小包裹在我的背上，所以只好敲了敲老鼠洞的門。結果，走出來一隻上了歲數的胖老鼠，他看見我挺驚訝，問我有什麼事。我把包裹遞給他，說是剛才的乘客遺忘的。對方相當吃驚地問是什麼樣的乘客，我就詳細說了一下那個老鼠乘客的相貌什麼的。結果……」

「結果？」我瞪大了眼睛。

天馬的眉頭都要擰成一團了：「那隻上了歲數的老鼠一下子就暈倒了！一群母老鼠圍過來，聽我解釋後，嘰嘰喳喳地和我說，胖老鼠的女兒前幾天誤吃了老鼠藥，死了。這恐怕是女兒的靈魂回家來看看了！」

「天啊！」我的汗毛都豎起來了，雖然老鼠的鬼魂比起人類的鬼魂來說沒那麼恐怖，但是這故事也夠嚇人的。

「雖說很久以前，我們天馬這種怪獸也曾經幫助引導人類的靈魂上天堂，所以很多皇帝的墓穴都會有天馬的塑像。但是，老鼠的靈魂還真是沒見過。」天馬一臉困惑，「我倒也談不上害怕，但怎麼想，都覺得怪怪的。」

要是別的怪獸和我說這件事，我肯定會覺得是在編鬼故事嚇唬我。可是，天馬不是那種會編瞎話的怪獸，他在古代是戰神，是出了名的正直的怪獸。

「誰遇到這種事都會嚇一跳。」我安慰他，「不過倒也不用放在心上，在故宮這麼古老的宮殿裡什麼事情不可能發生呢？就算再奇怪的事情你也肯定遇到過。」

天馬嘆了口氣說：「妳說的那些我怎麼可能不懂呢？要是只是這一件事，恐怕我第二天就忘記了。可是，這還沒有完……」

「沒完？」我倒吸了一口涼氣。

天馬點點頭說：「可不是，隔了幾天，一隻野貓預約了我的計程車……」

「哪隻？」

「說不上來，就是一隻白貓，故宮裡這個樣子的白貓太多，除了梨花，其他的我都分不出來。」天馬回答，「反正是一隻白色的野貓，看起來年紀也不大的樣子，特別喜歡聊天。我就把老鼠的事情在聊天的時候講給他聽了。」

「他嚇壞了吧？」

「沒有。我也覺得他會嚇一跳，但是那隻野貓一點都沒有嚇到，還笑嘻

嘻的，沒有一點吃驚的樣子。」

我想了想說：「這也沒什麼，故宮裡的野貓什麼鬼故事沒聽過，可能根本沒當真。」

「是，我當時也覺得他沒當真。聽完故事，他還說了一句『這種事情一點都不奇怪』。」天馬說。

我有點吃驚：「膽子可真大！這隻野貓住在哪兒？」

天馬回答：「西三所。」

我點點頭，西三所在古代時是故宮裡的冷宮，住過很多被皇帝懲罰的妃子。現在那裡是故宮的文保科技部，很多文物保護專家都在那裡辦公。

西三所從古時候起，野貓就特別多，也許是因為那些被打入冷宮的妃子太寂寞了，所以養了很多貓。現在因為在那裡辦公的專家們也經常會餵野貓食物，所以野貓就更多了。不要說天馬，連我都認不全那裡的野貓。

天馬接著說：「他讓我送他到西三所。進去前，他說他還要去酒窖那邊一趟，讓我等等。可是，我等了好半天他也沒出來。於是，我就敲了敲門，開門的是一隻黃白花的野貓。這之後的事，我真的不想說了……」

「又發生什麼了？」

「我問起那隻進去的白貓，結果那隻黃白花的野貓眼睛瞪得超大，說我說的那隻白貓七天前就掉到湖裡淹死了……」

「又是這樣？」這下，連我的聲音都發抖了。

「可不是，這種感覺實在太奇怪了。」天馬說，「那隻黃白花的野貓還和我哭訴了半天，說那隻白貓死得多麼可惜。」

「怎麼會這麼巧？」我怎麼也想不明白。

「這還沒有完。」天馬嘆了口氣。

「還沒完？」我吃了一驚。

「是的。」天馬說，「前天，預約我計程車的是一隻鴿子。我問他自己有翅膀幹嘛還要預約計程車？他回答說，因為非常景仰我，覺得坐一次我的計程車死都沒有遺憾了……」

講到這裡，我似乎能猜出結局了：「不會又……」

天馬悲傷地看了我一眼，點點頭：「可不是，又是那樣。送到地方，他居然把自己的標號丟在了我背上，就是那種每隻故宮的鴿子都會戴在腿上的金屬圈，妳知道吧？」

我當然知道，為了防止故宮的鴿子們走失，每隻鴿子的腿上都有這樣的一個金屬圈，上面是他特有的編號。

「那麼重要的東西，我肯定要送還給他。」天馬說，「結果，一敲門……」

我接過話：「又有其他的鴿子告訴你，他幾天前已經死了？」

天馬無奈地點點頭說：「就是說呢！還說是誤吃了遊客吐的口香糖……

我真是鬱悶死了。」

「這……這……」我都不知道該說些什麼了。

「還有呢……」天馬的頭越來越低，說，「因為接連發生這種奇怪的事，又不知道為什麼會發生，我的心情很不好。昨天就想著把預約的客人都推掉，但是有一個客人怎麼也沒聯繫上，到了時間就只好去接。接到乘客發現是花仙，我還鬆了口氣。花仙怎麼也不會死啊！更別提靈魂什麼的了……」

「就是，就是。」我趕緊點頭。

「一看是花仙，我就放鬆下來，路上聊得也很愉快。」天馬接著說，「她告訴我，她叫雪海，是一種菊花的花仙。她很漂亮，白色的裙子蓬蓬的。我還心裡想，一定是很名貴的菊花品種。她是在御花園下來的，說還要去慈寧宮花園一趟。結果，我左等她不來，右等她不來。」

「然後呢？」我輕聲問。

「然後我就進御花園去找她。一進御花園，我就碰到另一個花仙。我問她有沒有看到雪海花仙。她的臉色一下子變得好蒼白……」

「到底怎麼了？」我追問。

天馬的臉也變蒼白了，說：「那個花仙說，御花園裡最後一株雪海菊花前天已經枯萎了。昨天一早，連那株菊花的根都被園丁挖走了……」

「連花仙都……」我嚇壞了。這麼一想，天馬計程車不是變成了專門承載靈魂的靈車了嗎？

「所以我今天就把所有天馬計程車的預約都推掉了，就算我是怪獸，接二連三出現這樣的怪事，也實在受不了。」

面對一點精神都沒有的天馬，我真不知道該怎麼安慰他。但是仔細一想，這一連串的事情雖然說挺嚇人的，但是怎麼想怎麼覺得都有點不對勁。天馬營運計程車也快有一年時間了，這麼長時間，之前從來都沒發生過這種事，怎麼最近就接二連三地發生了呢？

「你在這些事之前，有沒有去過什麼奇怪的地方，見過什麼奇怪的人？」我問他。

天馬搖搖頭說：「沒有，去的地方都在故宮裡，見的也都是故宮裡的動物和怪獸。」

那到底是怎麼回事呢？難道真的是靈異事件？這激起了我的好奇心，我決定替天馬去調查一下。

「我去試試看，看能不能找出這些乘客的共同點。」我對天馬說，「你等我的消息吧！」

天馬很感激地說：「那就拜託妳了。在弄清楚之前，我是不打算再載其他的乘客了。如果一直弄不清楚原因，天馬計程車恐怕就要停駛了。」

「這怎麼行？成為計程車可是你的夢想。」我吃驚地說。

天馬卻顯得很沮喪：「別說了，越說心裡越不痛快。」

和天馬告別後，我回到媽媽辦公室，開始制訂調查計畫。這是我從《福爾摩斯全集》中學到的，開始調查大的案件時一定要有計畫。

我仔細比較了老鼠、野貓、鴿子和花仙的情況，決定從野貓入手。因為相對老鼠和鴿子，野貓的數量比較少，更好找一點。而與花仙比，我和野貓的關係更熟悉，會有很多朋友幫忙。

第二天，我一放學就往珍寶館跑。

夕陽漂亮得驚人，把故宮籠罩在暖暖的橘紅色裡。珍寶館的野貓們在這麼漂亮的夕陽下一個個都像化了妝，粉嘟嘟的。

我找到野貓梨花、小藍眼、大黃、黑點，把天馬的情況和他們說了一遍。

本來想看他們瞪大眼睛吃驚的樣子，沒想到聽完這些故事後，每隻野貓都笑得在地上打滾。

「怎麼回事？我又沒在說笑話？」我生氣了，這些野貓只有在給他們餵貓糧的時候正經一點，找他們辦事情一點都不認真！

看到我真的生氣了，野貓們好不容易才憋住笑。梨花他們一副壞壞的樣子，也不說話。最後還是老實的小藍眼先說了實話：「妳說的事情我們早就知道了。喵。」

「早就知道？」我吃了一驚，難道這一連串的靈異事件這麼快就在故宮裡傳開了？

「其實……」小藍眼有點猶豫地看看梨花。

梨花還是不說話。

我狠狠瞪了梨花一眼說：「妳要是不跟我說實話，以後妳那份貓罐頭我就給別人平分了。」

關鍵時刻，貓罐頭還是有威力的。梨花一聽，立刻大叫：「為什麼一定

要我說？妳每次就會欺負我。喵。」

「妳到底說不說？」我威脅她。

梨花屈服了：「說，說，我又沒說不說。喵。」

「嗯，嗯！」梨花假裝咳嗽了幾聲說，「這件事我也是聽西三所的菲力說的。菲力，就是妳剛才講的那隻天馬載的白貓乘客。喵。」

「他還活著？」我的嘴巴張得超大，問，「他不是淹死了嗎？」

「你說菲力？哈哈。」梨花笑著說，「他那麼聰明的野貓，怎麼會做出那種傻事？那是開玩笑的。喵。」

「開玩笑？」

梨花點點頭說：「事情是這樣的，之前那隻老鼠是怎麼回事我不知道。但是菲力和鴿子、花仙的事情，都是大家和天馬開的玩笑，其實就是一個接龍遊戲。妳明白嗎？喵。」

「接龍遊戲？」我不明白。

「這個遊戲最初是菲力那小子想出來的。」梨花解釋說，「他那天乘坐天馬計程車，聽天馬講了老鼠的靈異事件，就決定和天馬開個玩笑。他下車後故意讓天馬等著，然後把惡作劇的想法和他的朋友，也就是天馬看見的那隻開門的黃白花貓雜毛說了。等到天馬敲門的時候，雜毛就演了那齣戲，說菲力早就淹死了。其實，那時候菲力就躲在門後捂著嘴笑呢！喵。」

「這個壞小子！」我咬著牙說。

「哈哈，沒錯，菲力喜歡惡作劇是出了名的。喵。」梨花說，「後來，菲力和雜毛到處把這件事當笑話講給別的動物聽，這樣一來居然傳開了。大家都覺得很好玩，畢竟動物們平時能夠惡作劇怪獸的機會非常少。於是，鴿子達達就學野貓菲力的樣子，也和天馬開了玩笑。達達成功以後，這件事傳得就更廣了，連花仙和怪獸們中都傳開了……」

「只有天馬不知道？」

梨花說：「那當然，就是要對他隱瞞才好玩啊！接下來的事情妳也知道，菊花仙雪海……喵。」

「其實他們都活著呢？對吧！」

「可不是。」小藍眼說，「我昨天還看見了鴿子達達呢！因為惡作劇天馬的事情，他可得意了。喵。」

「呼！」

我鬆了口氣，原來是惡作劇，這下天馬不用感到不安了。不過，我仍然很生氣，這些動物怎麼能開這種玩笑呢？

「天馬計程車幫了那麼多動物的忙，連錢都不要，你們還這樣惡作劇！」

梨花一副置身事外的樣子說：「是啊！我也覺得他們太無聊了。妳趕緊去告訴天馬吧！這樣天馬以後就不會再上當了。喵。」

「只是告訴他怎麼行？惡作劇已經傷了天馬的心，連計程車都不想開了呢！」我說。

梨花有點吃驚：「這麼……嚴重？喵。」

我很嚴肅地點點頭。

梨花仔細想了想說：「這件事是大家做得太過分了。要不這樣吧！我去找那幾個摘惡作劇的動物和花仙，讓他們在《故宮怪獸談》上向天馬正式道歉怎麼樣？喵。」

我拍了一下手說：「這是個好主意！」

梨花得意地說：「我也可以趁機收點廣告費。」

這隻狡猾的野貓！

梨花還真能幹，道歉廣告兩天後就登出來了。野貓菲力、鴿子達達和菊花仙雪海都很真誠地在廣告上對天馬道了歉。

讓我沒想到的是，天馬知道是惡作劇後，不但沒有生氣，還「哈哈」笑個不停：「這些動物們都該去當演員啊！演得真好，我居然一點都沒看出來。」

接著，他鬆了口氣說：「這下，我的計程車可以繼續開下去了。這還真是個有意思的工作啊！」

柒

寫字人

今天是星期日，也是爸爸出差回家的日子，可是到了中午，爸爸還沒露面。媽媽的臉色越來越難看。

終於，門響了，爸爸的頭探進門縫。

「看我買了什麼！」他動作誇張地推開房門，高高地舉著一個白色的盒子。

「就是它！」爸爸驕傲地宣稱。

媽媽皺起了眉頭，「這是什麼？」

「智慧眼鏡！」爸爸樂呵呵地說，「有了這個，就算我正在挖土，我的寶貝女兒也能和我視訊聊天。我再也不用手裡拿著文物，還要想辦法掏手機上傳資料了，只要眨眨眼睛就行了。對考古工作來說，這太方便了！」

「天啊！爸爸太棒了！」我跳了起來。

智慧眼鏡！這太酷了！不是嗎？和洞光寶石耳環一樣酷！

但媽媽好像不怎麼高興。

「是嗎？」她冷冷地問，「多少錢？」

爸爸吞吞吐吐地說：「也不太貴，我沒買最新款的……大約也就……九千多塊錢……」

說到最後的價錢時，爸爸的聲音已經小得像蚊子的叫聲。

「九千多！」

媽媽手裡的掃把「啪」地一聲掉到了地上。

爸爸小心地撿起掃把，一邊掃地一邊說：「相信我，它的價值遠遠高於它的價格！」

「花九千多塊錢只是為了方便聊天？」媽媽發火了。

不用說我也知道，我爸今天晚上慘了。

不過，智慧眼鏡真的是太好玩了，眨眨眼睛就能拍照，眨眨眼睛就能上

網。整個晚上我都戴著它，捨不得拿下來。

「爸爸，明天能讓我再玩一天嗎？」我央求爸爸。

「嗯！好吧……不過只能一天。」

「太棒了！」

我早就想好了，明天我要偷偷帶著它上學，同學們一定羨慕極了。對了，我還要帶它去故宮，給楊永樂和怪獸們看看，這麼高科技的東西，他們一定都沒見過！

因為太興奮了，我一個晚上都沒有睡好。

果然，第二天我剛把智慧眼鏡從書包裡拿出來，同學們全都圍到了我的桌子旁邊。真好玩，好厲害，讓我戴戴，讓我摸摸，同學們異口同聲地嚷著。從來沒有過的，我成為了大家的中心，這讓我感覺輕飄飄的。

放學後，一到故宮，我就把書包扔到媽媽的辦公桌上，跑去找楊永樂。

楊永樂正在失物招領處的倉庫裡翻找著什麼，滿臉是土。

「你是剛把自己從土坑裡挖出來嗎？怎麼像個兵馬俑。」

楊永樂頭都不抬地說：「狎魚來找他的潛水鏡，我記得我在哪裡看到過……」

「狎魚？怪獸狎魚還戴潛水鏡？他不是海裡的神獸嗎？」我瞪大了眼睛。

楊永樂終於從一大堆各種眼鏡、太陽眼鏡的下面掏出了一個特大號的潛水鏡。

「就是這個！」他咧著嘴笑了，「現在海水污染得太嚴重，這些怪獸回到大海要是不戴潛水鏡的話，眼睛都會發炎。」

我想起來了，上次吻獸回到大海裡玩，眼睛就發炎了。

「妳臉上戴的是什麼玩意兒？看起來好奇怪？」

楊永樂終於注意到我的智慧眼鏡了。

「你連這個都不知道，這是最新款的智慧眼鏡！」我聲音響亮地說。

他貼近仔細看了看，問：「這有什麼用？」

「有什麼用？用處太多了！」我的聲音提高了一個八度，他居然連智慧眼鏡都沒聽說過。

可是還沒來得及炫耀我的智慧眼鏡有多強大，有人……不，是有怪獸突然闖進了失物招領處。

怪獸狎魚的粗嗓門響了起來：「巫師，我的潛水鏡找到了嗎？」

他是只長著鱷魚腦袋、鯉魚身體的怪獸。聽說，他可以吐出烏雲，變化它們的形狀，還可以把海水灌進烏雲，讓海水變成雨水，是大海中很厲害的怪獸。

楊永樂把潛水鏡遞給他，「你找的是這個嗎？」

「沒錯，就是它。你看這上面還有我做的記號，魚尾花紋，看到了嗎？和我的魚尾一模一樣。」

楊永樂確認了一下，點了點頭說：「你填個表格就可以拿走了。」一邊說，他一邊低頭去找表格和筆。狎魚突然看到了我的智慧眼鏡。

「天啊！李小雨，妳的眼睛出問題了嗎？怎麼戴著那麼醜的眼鏡？」

我大聲說：「我的眼睛沒問題，這是智慧眼鏡，你聽說過嗎？最新款的智慧眼鏡！」

「智慧？不就一個眼鏡嗎？」狎魚一臉不相信，「它能做什麼？」

「能做什麼？哼！什麼都能做。」我不甘示弱地說，「比如，我現在想拍一張你的照片，我只要一眨眼，就像這樣……」

智慧眼鏡「咔」地一聲，拍下了狎魚的照片。

「嗯！」狎魚不太熱情地說，「原來是個相機。」

「當然不光是個相機，它的用處多著呢！」一邊說，我一邊給智慧眼鏡下了新指令，「我要去建福宮花園。」

智慧眼鏡的鏡片上，立刻出現了故宮地圖和到建福宮花園的路線。我得意地展示給狎魚和楊永樂看。

「真神啊！」狎魚這回服氣了，「它怎麼做到的？」

狎魚戴上智慧眼鏡好奇地看來看去。

我撇了撇嘴：「你說地圖？很簡單，衛星定位。」

「無論在哪兒都行？」

「對，在哪兒都行，就是……」

我的話還沒說完，一轉眼，狎魚已經戴著智慧眼鏡不見了。

我愣在那裡，狎魚幹什麼去了？要是把智慧眼鏡弄壞了……我不敢再往下想。必須找到這傢伙！拿回我的智慧眼鏡。

我發瘋似地在故宮裡狂奔。

太和殿裡沒有，中和殿裡沒有，御花園裡沒有，建福宮花園裡沒有，慈寧宮花園裡也沒有……他喜歡去的地方我幾乎都找遍了，可是連狎魚的影子都沒找到。

這可怎麼辦？我急得直冒汗。

我一口氣跑到珍寶館，野貓梨花正在房頂上看月亮。

「梨花！妳看到狎魚沒？」我上氣不接下氣地問。

梨花懶洋洋地說：「剛才看見他往金水河那邊跑了。喵。」

「金水河？」我突然有了不好的預感。

梨花看我的樣子，一下子來了精神，「出什麼事了？有什麼大新聞嗎？喵。」

不愧為故宮裡的貓仔隊，一聽到出事就興奮。

我沒時間理她，拔腿就往金水河跑。梨花緊緊地跟在我身後，一步都不離。

果然！和我猜想的一樣。

遠遠地我們就看到狎魚趴在金水河邊，面前放著沾滿水的智慧眼鏡。

「你居然戴著智慧眼鏡跳進了金水河？」我氣得聲音都顫抖了。

「是妳說哪裡都可以的。」狎魚小聲嘀咕，「我就想試試在水裡行不行，因為我在海裡老是迷路……」

說什麼也沒用了，智慧眼鏡沒有防水功能，此刻它的屏幕漆黑一片，已經怎麼都啟動不起來了。

「哇！怎麼辦？我爸會罵死我的！」我大哭起來，這麼貴重的東西，我那點零用錢還不夠付它的維修費。

「嘖，嘖！」梨花搖著頭，「這看起來可不好修，喵。」

聽了這話，我哭得更大聲了。早知道這樣，就不把智慧眼鏡帶出來炫耀了。

狎魚耷拉著頭，一聲不吭。

梨花圍著眼鏡轉了一圈，突然站住說：「要是找到他，也許能修好……喵。」

一聽到梨花這麼說，我立刻不哭了：「誰？妳說找誰能修好？」

梨花說：「寫字人。喵。」

「寫字人？」

「鐘錶館裡的寫字人鐘，妳聽說過吧？喵。」

我點點頭。鐘錶館最明顯的地方，就放著這臺金燦燦的寫字人鐘。它有兩公尺多高，比我爸爸還高出一大截，參觀鐘錶館的人想看不到它都難。寫字人鐘有四層閣樓，我最喜歡上面的小亭子，那裡有兩個小小的芭蕾舞演員墊著腳尖跳舞。第二層閣樓是個圓盤時鐘。第三層則住著一位敲鐘人，每到三點、六點、九點、十二點的時候，他就會一邊敲鐘一邊奏樂。最下面一層，是一個正在寫字的機械人，他穿著西式禮服，戴著黃色的假髮，像古代的歐洲紳士。寫字人單腿跪在地上，手裡拿著毛筆。一旦打開開關，他就會一邊搖著頭，一邊在面前的紙上寫下「八方向化，九土來王」八個漢字。聽說，這臺寫字人鐘是三百多年前，英國國王送給清朝皇帝的。

「妳不知道吧？那個寫字人啊！什麼都會修。」梨花一副很神祕的樣子，壓低聲音說，「鐘錶館裡那麼多鐘錶，因為年代久了經常會壞，光靠鐘錶組裡的那兩位師傅根本修不過來。好多都是寫字人半夜去偷偷修好的。」

「這怎麼可能？」我驚訝地縮了一下肩膀。

「真的，鐘錶館的野貓和老鼠們都知道這件事。」梨花肯定地說，「不光是鐘錶，上次我的相機壞了也是找他修好的。還有，上次怪獸狻猊不小心

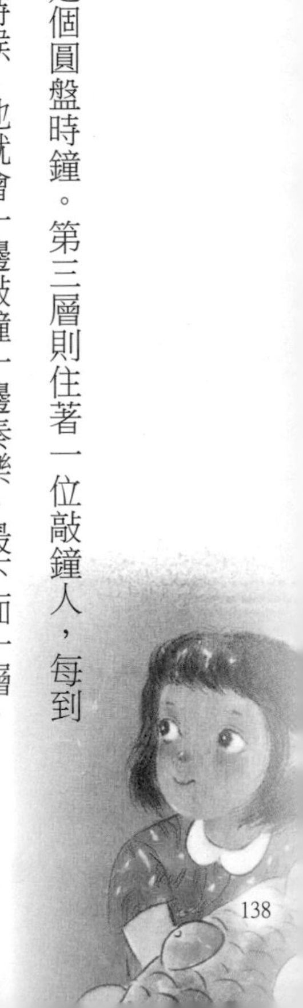

撞壞了幾個故宮裡的監視錄影器，也是找到他修好的。」

「一個三百多年前的機械人，居然會修監視錄影器？」我實在不能相信。

「是啊！故宮裡的動物要是有什麼東西壞了都會去找他修理。好像什麼都會修呢！喵。」

看梨花的樣子，不像是在騙人。

「他收錢嗎？」我有點擔心。

「從來沒收過錢，也不收食物，不過他倒是不用吃飯。機械人就是這點好。喵。」

這就行了，既然是免費的，我就去寫字人那裡碰碰運氣好了。

我拿著壞掉的智慧眼鏡，跟著梨花跑到鐘錶館。鐘錶館在奉先殿，是一座非常氣派的宮殿，聽說這裡以前是皇帝祭祀祖宗的廟宇。

那裡的大門鎖得緊緊的，梨花從野貓出入的小洞爬了進去，狎魚守在宮殿的門口幫忙把風。

不一會兒，門鎖突然自動打開，嚇了我一跳。我推門進去，睜大眼睛問梨花：「妳怎麼做到的？」

梨花輕聲說：「不是我，是寫字人遙控的門鎖。這對寫字人來說，不算什麼。」

寫字人鐘就擺在大殿正中間的位置。光線太暗，我拿出手電筒「啪」地一聲打開，隔著玻璃往裡看，裡面的情景讓我吃了一驚。

寫字人正忙著組裝著什麼。他的面前、腳邊都堆滿了細小的零件。手電筒的光嚇了他一跳，他用手遮著光，瞇著眼睛抬起頭。

梨花對著他擺擺手說：「寫字人，我是梨花啊！她是我的朋友李小雨，有點東西想請你幫忙修一修。喵。」

寫字人點點頭，輕輕按下了寫字臺上的小按鈕。

「唰……」隔在我眼前的玻璃罩居然像電動玻璃門一樣，慢慢降了下來。

「現在鐘錶館的玻璃罩都這麼先進了嗎？」我太吃驚了。

寫字人微微一笑說：「我偷偷改造了一下，這樣方便多了。」

「太厲害了！」我目瞪口呆了。

我把智慧眼鏡交給寫字人。他拿過來仔細看了看。

「能修好嗎？」我擔心地問。

他點點頭，就開始動手拆開智慧眼鏡了。

我還是有點不放心，「這是最新款的智慧眼鏡，你真的會修？」

「在我眼裡它只是機器。」寫字人一邊拆一邊說，「無論多精密、多複雜，也都只是機器而已。」

說完，他就不再回答任何問題，專心地拆手裡的智慧眼鏡。他用快得嚇人的速度把螺絲卸下來，又把膠水黏著的部分也拆開來，不行的時候就用一下刀子，把智慧眼鏡拆成一塊一塊的。沒過一會兒，他就把智慧眼鏡拆成了幾十個零件。

寫字人帶著滿意的表情仔細地觀察著這些零件。難道不會弄混嗎？我擔心地想。

沒多久，寫字人開始組裝智慧眼鏡了。他組裝的速度很快，那麼多的零件，一件一件地組合起來，好像連想都不用想，他就知道哪個零件應該裝在哪裡。一邊做，他還在嘴裡哼著歌，是一首英文歌，我一個字都沒聽懂。

智慧眼鏡很快組裝好了，寫字人用一塊軟布擦了擦鏡片，然後遞給我說：「試試看。」

我接過來，輕輕按了一下開關。「啪」地一聲，智慧眼鏡居然亮了起來。我把它戴到頭上，無論是眨眼拍照，還是連接上網路、視訊……都沒問題了。智慧眼鏡就像昨天爸爸剛拿回來時全新的一樣，一點毛病都沒有。

「太神奇了！」我算是服氣了。

寫字人卻說：「我沒見過這個眼鏡沒壞時候的樣子，所以也不知道修得對不對。如果以後妳發現它和之前有什麼不一樣，還可以拿來修。」

「沒問題，簡直和新的一樣。」我不停地說，「你幫了我的大忙，這下我回家不會挨罵了。」

感謝過寫字人後，我和梨花一起離開了鐘錶館。

天色已經暗了下來，月亮高高地掛在天空上。怪獸狎魚仍然一臉沮喪地守在鐘錶館門口。

「怎麼樣？」他擔心地問。

我高興地說：「多虧了寫字人，完全修好了，和新的一樣！」

狎魚這才呼出了長長的一口氣。

晚上回到家，我趕緊把智慧眼鏡還給了爸爸。寫字人的手藝真不錯，爸爸一點都沒有看出來。沒過兩天，爸爸就帶著智慧眼鏡出差了。

直到一個月後，爸爸出差回來。

他神神祕祕地告訴我：「我們買的智慧眼鏡有點不一樣呢！」

一聽到這話，我的心一下子提到了嗓子眼。我想起了寫字人最後說的話，難道爸爸發現什麼了？

「怎麼……怎麼不一樣了？難道有的功能不能用？」

「這倒不是，該有的功能都有。不但這樣，別的智慧眼鏡沒有的功能，我們這個智慧眼鏡好像也有呢！」爸爸一臉不解。

我瞪大了眼鏡，別的智慧眼鏡沒有的功能？

「什麼功能啊？」

爸爸回答：「是透視功能。我也是偶爾才發現的，戴著這個眼鏡站在地面上居然能看到地下埋了什麼……我上網查了半天，還打電話到生產這款智

慧眼鏡的公司，他們說這款眼鏡不可能有這種功能，這種功能工程師們還沒有開發出來呢！」

我突然想起那天在幫我修智慧眼鏡的時候，寫字人還在修其他的東西。難道寫字人一不小心，把其他東西的功能也加進了我的智慧眼鏡嗎？

我睜大眼睛問：「也就是說，如果你戴著智慧眼鏡看穿著衣服的人，就能看到那個人的裸體？」

爸爸一下子緊張地摀住我的嘴巴，輕聲說：「噓！這可不能讓妳媽媽知道。說實話，我也在煩惱這個，現在都不敢帶智慧眼鏡出門了。」

這可不行！我心裡想，看來只能再去找寫字人幫忙，把智慧眼鏡修回原來的模樣。

捌 五毒怪的傳說

「很久很久以前，流傳著一個傳說。每年一到端午節，五毒怪就會出現。他們身上都帶有劇毒，哪怕被他們咬上一小口，也是痛苦不堪的事情。所以大家想盡辦法除掉五毒怪，去除晦氣。灑石灰、噴雄黃酒、燃燒藥草、懸掛艾草……但是五毒怪沒有那麼好對付。他們依然會躲在陰暗處，突然襲擊。

五毒怪獸各有各的本領。毒蛇怪，他的尖牙和毒液是致命的武器。蠍子怪，他尾巴上的毒針會導致抽搐和中風。蟾蜍怪，他分泌的蟾酥會讓你的雙眼再也看不到世界。蜈蚣怪，被他咬一口會讓你腫痛難忍。壁虎怪，小心他的尾巴讓你再也沒有聽覺。想要對付五毒怪，只有一樣寶物能讓你萬無一失。那就是……叮叮叮……喵。」

講到這裡，野貓梨花突然拿出一個繡著花的小布袋，讓圍著她聽故事的動物們忍不住「哇」的一聲。

「端午五毒袋！喵。」她高高舉著那個布袋說，「這個袋子裡裝著丁香、木香和白芷等珍貴草藥。我們採用的是清朝宮廷祕方，做工考究。『故宮怪獸談』牌五毒袋，不但能幫你去除毒氣，不讓五毒怪靠近你，而且圖案精美，本身就是一件精美的工藝品……喵。」

梨花舉著她的五毒袋在一隻小老鼠鼻子尖前晃了晃。

「你們想逃離五毒怪的困擾嗎？你們想一年都不生病嗎？那就快來購買『故宮怪獸談』牌五毒袋吧……喵。」

「梨花！」我實在看不下去了，「妳把大家叫來說講端午節的故事，結果就是為了賣妳的五毒袋嗎？」

「五毒袋本來就是端午節的一部分啊！喵。」野貓梨花理直氣壯地說，「吃粽子、賽龍舟、喝雄黃酒、戴五毒袋，端午節不就是這麼過的嗎？」

「可是妳也沒必要編出那麼可怕的故事啊！」我指著一群還在發抖的小刺蝟說，「妳看，妳把大家嚇的。什麼毒蛇怪、蠍子怪、蟾蜍怪、蜈蚣怪、

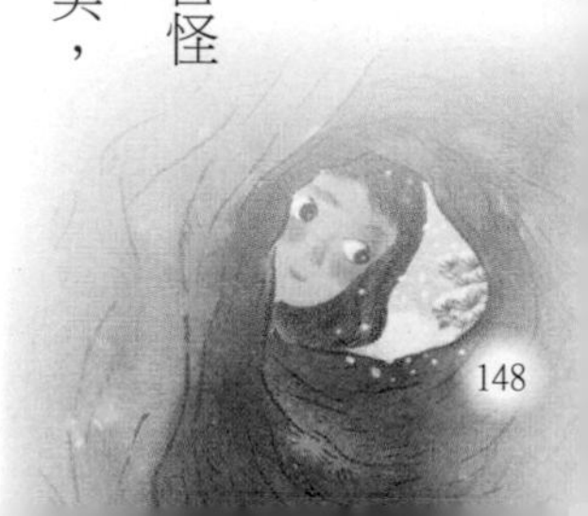

壁虎怪，不就是蛇、蠍子、癩蛤蟆、蜈蚣和壁虎嗎？他們哪裡有那麼可怕？蛇和蠍子就算了，像癩蛤蟆、蜈蚣都是很少咬人的，就算咬了用消毒水洗洗就可以了，壁虎就更別說了，連咬人都不會……」

「妳可不要小看壁虎。」梨花故作神祕地說，「雖然他沒有毒，但是我聽我奶奶說，如果壁虎跑到誰的耳朵裡，把尾巴脫落在那裡，那個人就會耳聾。喵。」

我揮揮手說：「那都是因為古代時候科學不發達，大家不理解為什麼壁虎逃跑的時候，尾巴掉了也還會再長出來，所以才會有這樣的傳說。壁虎尾巴會讓人耳聾這種事情，一點科學依據都沒有！」

我說了半天，卻發現野貓梨花和動物們根本就沒有認真在聽。野貓、老鼠、黃鼠狼、鴿子、刺蝟、麻雀……這些小動物們，這時候已經把梨花團團圍了起來，吵著、嚷著要買她手裡的五毒袋。

「大家別擠，五毒袋貨源充足，每個人都買得到。喵。」梨花得意地喊著，「付款方式多樣，現金、貓糧、貓罐頭、小魚乾、薄荷草……都可以啊！」

就在這時，旁邊的樹葉沙沙作響，從樹葉下的陰暗處，露出了一個綠色的小腦袋。他渾身光滑，四隻腳像吸盤一樣地吸在樹枝上，身後還拖著一條長長的尾巴。這不正是一隻小壁虎嗎？

小壁虎探出腦袋朝四周望了望。很快他就被梨花身邊熱鬧的場景吸引住了。他一搖一擺地爬過來，可是無論怎麼扯著脖子看，也看不清大家正在幹什麼。於是他拉開嗓子問：「你們在幹什麼？」

但即便他用了最大的聲音，還是太小了。吵吵鬧鬧中，沒有人聽到他的問話。

過了一會兒看到沒人理他，小壁虎爬到了更高的一塊石頭上。這時候，一隻眼尖的小老鼠發現了他。

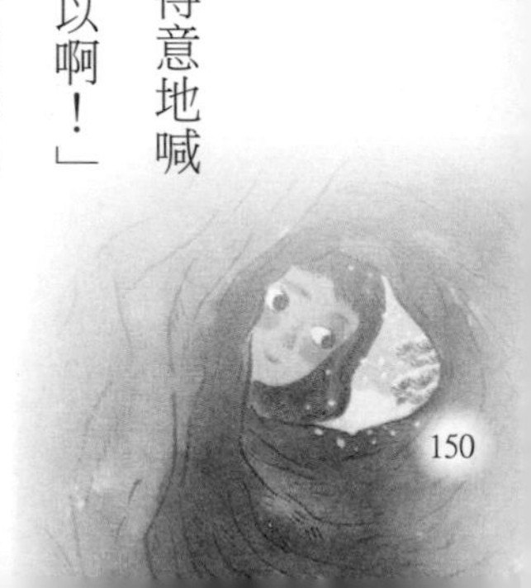

小老鼠好奇地看了他半天，才問他媽媽：「媽媽，妳看！一隻好奇怪的大蟲子！」

老鼠媽媽剛剛搶到一個五毒袋，正高興呢！誰料到一轉頭就看到了壁虎。

「啊！壁虎怪來了！」老鼠媽媽一聲尖叫。

這可不得了，一時間，所有的小動物都慌張起來。

「快跑啊！快跑啊！」

「要沒命了！」

「救命啊！」

「會掉尾巴的怪物啊！」

就算還沒來得及看見壁虎的小動物，也一邊叫著「壁虎怪好可怕啊」，一邊逃命般地跑掉了。

院子裡亂成一團，野貓們的毛都擠掉了，被刺蝟扎到的動物哇哇直叫，連五毒袋都被扔了一地。

小壁虎根本不知道發生了什麼事，他躲開了幾隻差點踩到他的動物，眼看著動物們全都跑光了。院子裡只剩下了我、小壁虎和身上掛滿五毒袋的野貓梨花。

「大家是怎麼了？怎麼都跑了？」

小壁虎睜著黑溜溜的小眼睛問梨花。

野貓梨花假裝什麼事都沒發生似的，嘟嘟囔囔地回答：「可能是因為……因為他們看到了壁虎怪。喵。」

「壁虎怪！」小壁虎被嚇壞了，警覺地四處看，「那個怪物在哪兒？」

「就是你啊！喵。」梨花說，「你不就是五毒之一的壁虎怪嗎？」

「我？」小壁虎吃驚極了，「妳的意思是說，大家是因為怕我才跑的？」

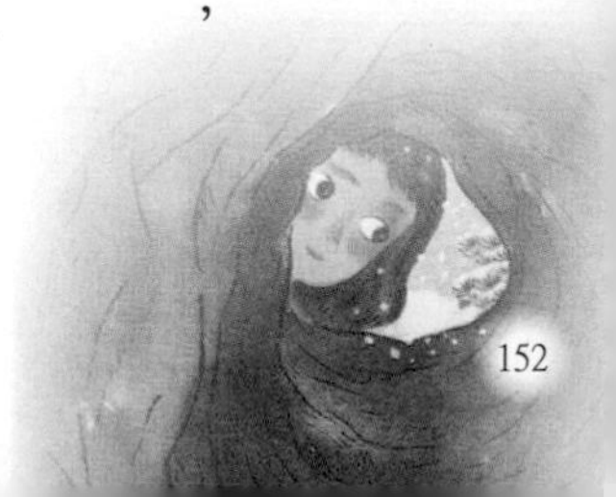

梨花點點頭，湊到小壁虎身邊說：「我說小壁虎，你忘了今天是端午節了嗎？今天可是除五毒的日子，你最好找個陰暗的地方躲起來。要是被人類發現了，你肯定沒有好日子過。」

說完，梨花甩了甩尾巴，跑開了。

小壁虎凍僵了似的，呆呆地看著梨花離開。

「喂！小壁虎。」我走過去和他打招呼。

小壁虎嚇了一跳，小眼睛警惕地看著我。

「你別聽梨花瞎說。」我蹲下來安慰他說，「我們人類現在早就不會驅趕壁虎了。那都是以前的事情。」

小壁虎點點頭問：「我不是害怕那個，我是怕妳，妳怎麼能聽懂我們動物的話？」

「因為我是有魔法的人類啊！可以算是半個仙人呢！」我笑嘻嘻地說，

「因為我撿到了一塊很神奇的寶石，叫洞光寶石。」

「我要是也能撿到一塊寶石，讓大家都不把我當作怪物就好了。」小壁虎像個做錯了事的孩子似的，低下了頭。

「我早就聽我媽媽說過，我們壁虎被當作五毒之一。可是我們之中大多數並沒有毒，也從來不會傷害別人。」他說，「其實，我很想和大家交朋友。」

我想了想說：「你長得那麼可愛，這應該不難做到。要不這樣，我給你出個主意。你在你家門口寫一張告示，上面可以這樣寫：我是一隻沒有毒的壁虎，我非常願意和大家交朋友，如果誰來我家做客，我會用好喝的果汁和美味的點心歡迎他。歡迎大家光臨。」

「真是個好主意！」小壁虎跳了起來，「我回家就寫。我會把我的樹洞打掃得漂漂亮亮的。謝謝妳！」

我微笑著點點頭說：「加油吧！過兩天我也會去做客的。」

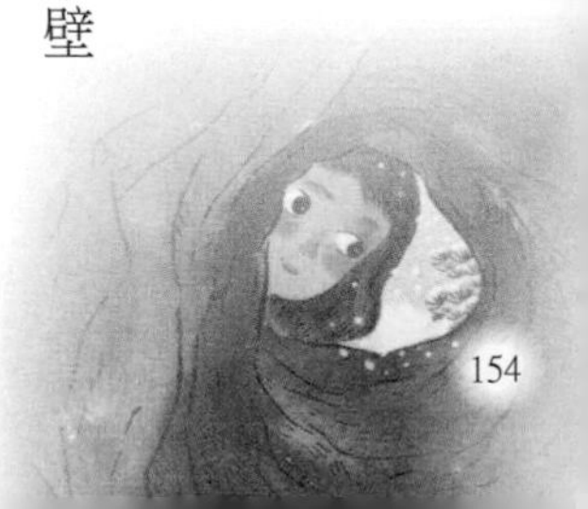

小壁虎更高興了，他詳細地和我描述了他家在御花園裡的位置，並一再叮囑我一定要去做客。

端午節假期的最後一天，我一邊吃著蜜棗粽子，一邊想起了御花園裡的小壁虎。於是我決定，晚上去小壁虎家看看。

沒花多少力氣，我就找到了小壁虎的樹洞。可是剛到門口我就發現，他寫的那張告示已經被撕成了兩半。

「小壁虎，小壁虎。」

樹洞太小了，我只能在門口呼喚他。

小壁虎紅著眼眶打開了門。

「出什麼事了嗎？」我好奇地問。

「別提了。」小壁虎說，「沒有一隻動物願意來我家做客。我還聽到兩隻刺蝟說，我寫這張告示就是為了騙他們上當，吃掉他們的。我越想越生氣，就把告示撕掉了。」

我聽完之後，捂著肚子笑了起來，小壁虎的身體還沒有刺蝟的十分之一大，怎麼可能吃掉刺蝟呢？

小壁虎有點生氣了，「我覺得這一點都不好笑。」

「別在屋裡生悶氣了。」我趕緊說，「我陪你去故宮裡遛一圈，散散心怎麼樣？」

「那我可以趴在妳的肩膀上嗎？」

「當然可以！」

風搖動著綠色的樹，御花園裡的花朵，開得那麼浪漫啊！

「小雨眼裡的世界，果然和我們壁虎不同。」小壁虎趴在我的肩膀上說，「從這麼高的地方看下去，什麼都看得那麼清楚呢！我平時趴在地上走，看到的都只是鼻尖前面的東西。」

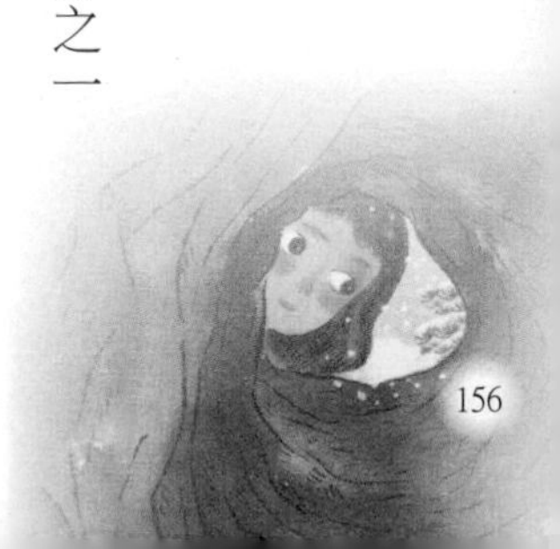

正說著，從寂靜的樹木之中，一團黃色的東西一閃一閃地動了起來。不一會兒，一隻肥胖的大黃貓就出現在我們眼前。

這不是西三所的野貓黃霸天嗎？故宮裡的野貓們就屬他最兇，還愛欺負人，所以大家才給他取了「黃霸天」這個名字。

黃霸天的前面趴了一隻棕色的小鼴鼠。小鼴鼠渾身顫抖得像風中的樹葉，正在向黃霸天求饒呢！

「黃霸天又欺負人了！」我嘟囔著。誰不知道，故宮裡的野貓們寧可吃貓糧，也不會碰鼴鼠。黃霸天肯定只想要要威風罷了。

黃霸天張開尖牙，擺出要咬人的架勢。突然，一隻壁虎攔在了他和鼴鼠中間。

這隻壁虎怎麼看起來那麼眼熟呢？

等等！難道就是我肩膀上的那隻？

我轉頭一看，果然，我肩膀上的小壁虎已經不見了。

大個頭的黃霸天在小壁虎面前簡直是個巨人。但黃霸天看到他卻接連後退了好幾步。

「壁虎？」

「沒錯，我就是壁虎怪！」小壁虎弓著身子大叫。

「那麼小……」黃霸天有點不相信地看著他。

「你沒聽過我的故事嗎？我的尿液能讓你渾身爛掉，我的尾巴可以讓你的耳朵再也聽不到聲音……」

黃霸天有點害怕了，他早就聽說過五毒怪的故事，還特意買了梨花的五毒袋。

但他還是不甘心，「我不怕你，我有五毒袋，你毒不到我。」

「那要試試嗎？你這隻傻貓？」小壁虎往前走了一步。

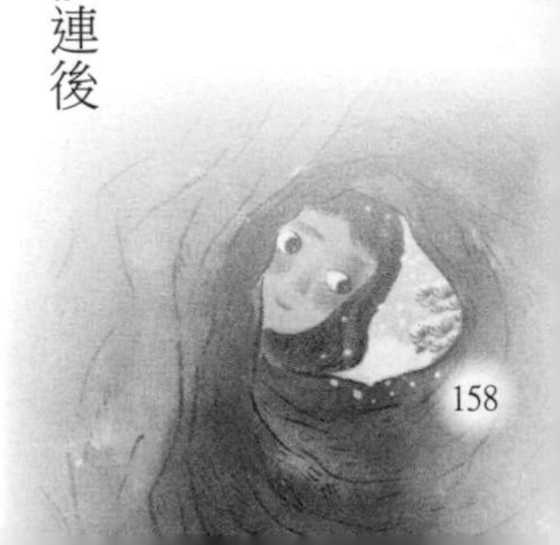

黃霸天被激怒了，從來還沒有動物敢說他是「傻貓」。因為怕有毒，他沒有用自己的尖牙去咬，而是舉起爪子，把小壁虎一下拍在了他的爪子下面。

「小不點！看你怎麼辦。」

這下糟了，黃霸天爪子下面的小壁虎連動都動不了。我擼起袖子，準備過去幫忙。

可是就在這時候，小壁虎突然從黃霸天的爪子下爬了出來。黃霸天爪子下面，只剩下一條還在不停搖擺的尾巴。

雖然早就聽說過，壁虎可以「分身」，遇到敵人時，可以自己切掉自己的尾巴來逃跑，但是親眼看到這還是第一次。

黃霸天也被嚇壞了。他看看逃掉的壁虎，又看看自己爪子下面還在搖晃的尾巴，「喵」地一聲慘叫，抬起了爪子。但他的爪子勾住壁虎的尾巴，尾巴飛到空中，飛出一條漂亮的弧線，然後「啪」地一聲，居然掉進了黃霸天的耳朵。

「喵嗚！」黃霸天尖叫一聲，全身的毛都豎了起來。

「我的耳朵！我的耳朵！」

他一邊瘋狂甩著頭，一邊飛快地逃跑。

我和小壁虎都鬆了口氣。

這時候，一個怯怯的聲音在我們身後響了起來，是那隻鼴鼠。

「他的耳朵真的會聾掉嗎？」

「你是問黃霸天嗎？」

鼴鼠點點頭說：「雖然他對我有點兇，但我也不希望他聾掉。因為我們鼴鼠天生視力很弱，我知道那種滋味。」

真是一隻善良的鼴鼠。

「不會的，那都是瞎說的。我們壁虎的尾巴一點毒都沒有。」小壁虎說。

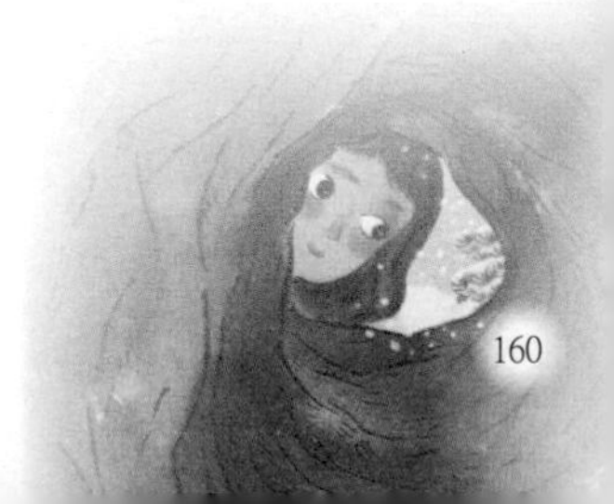

「害得你斷掉了尾巴，一定很痛吧？」鼴鼠非常抱歉地說。

「不痛，一點都不痛。」小壁虎挺胸說，「過幾天我就會長出一條新尾巴。」

「真的？」

「是真的。」我接過話，「壁虎有一種神奇的激素，可以長出新的尾巴。就和超人一樣，陽光一曬就長出來了。」

「哇！原來壁虎是超人啊！」鼴鼠張大了嘴巴。

緊接著，他規規矩矩地向壁虎鞠了一躬，說：「謝謝你救了我。以前朋友們一直說你是有毒的怪獸，我也就這麼想。今天才知道你是超人！我不能在陽光下待太久，只好改天再上門感謝。」

說完，他就一頭鑽進了一個地洞裡。

這件事過了半個月以後，我路過御花園，順道敲了敲壁虎家的門。

壁虎黑著眼圈開了門。

「怎麼？沒睡好嗎？」我好奇地問。

「可不是。」壁虎打了個哈欠，「這兩天無論是白天還是晚上，都會有動物來我家敲門要看超人。而且那天鼴鼠來我家，送來了一堆甲蟲當禮物。這些甲蟲到處亂跑，我這幾天都忙著捉家裡的甲蟲呢！」

我笑了，原來英雄也不是那麼好當啊！

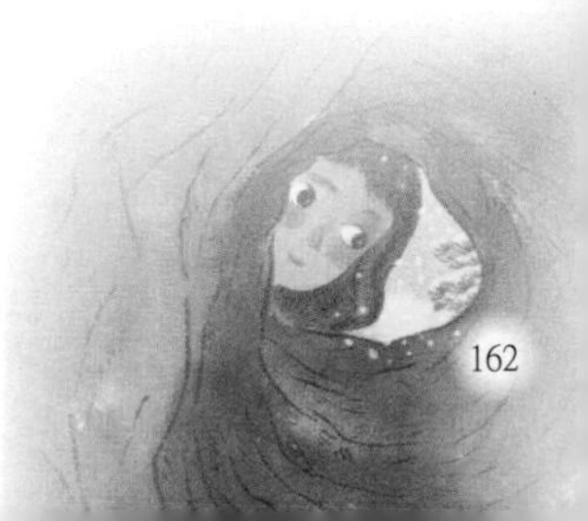

玖

巫師與烏鴉

端午節一過，期末考試就越來越近了。

那天，我正在媽媽的辦公桌前發呆，心想今天的數學作業怎麼會這麼難，門外就響起了一陣撓門的聲音。自從我開始餵故宮裡的野貓，我媽媽辦公室的門都快要被他們撓壞了。

我打開門，看見野貓梨花站在門口。

「楊永樂讓我叫妳去西華門。喵。」她說。

「他為什自己不來？」

梨花什麼時候開始聽楊永樂的話了？這可有點奇怪。

梨花撓撓頭說：「因為他說，他要看住他……喵。」

「看住誰？」

「那個怪人。喵。」梨花轉身就要離開，「別問了，跟我來吧！看到妳就知道了。」

我把手裡的數學作業一扔，跟著梨花跑了出去。故宮西華門外的行人道上，黑壓壓的一片，全都是人的後背，根本看不清人群裡圍的是什麼。

梨花一閃身，就從人群的縫隙裡鑽進去了。我可是花了好大的力氣，才擠進去。

人群裡坐著一個算命先生打扮的人，穿著樸素，長得也不奇怪，他坐在小板凳上，不怎麼說話。這個樣子的算命先生，在故宮附近可多了，他們會不時地攔住遊客，問要不要算命。大多數人都會揮揮手，然後繞過他們走開。

可是這個算命先生，有點不一樣，他的肩膀上蹲了一隻黑色大烏鴉，這可不常見。北京人愛養鳥，漂亮的鸚鵡、會學人說話的八哥、雪白的鴿子……都是人們的寵物。可是，我還沒見過誰會養烏鴉。人們都說，烏鴉是不吉利的鳥，哪怕只是聽到叫聲都會倒楣，誰會去養讓自己倒楣的鳥呢？

我一邊盯著那隻烏鴉，一邊擠到了楊永樂的身邊。他看見我沒說話，只是和我一樣，眼睛一直在那隻烏鴉身上掃來掃去。

算命先生的面前正蹲著一個年齡有點大的嬸嬸。

她把她的問題寫在一個發黃的筆記本上遞給算命先生，算命先生把筆記本舉在眼前，連他肩膀上的烏鴉都湊過頭去看。看了一會兒後，烏鴉一轉頭，從他身後的背包裡叼出一張紙籤給算命先生，算命先生看了紙籤點了點頭，就在大嬸的耳邊說了幾句話。

沒想到大嬸一下子睜大了眼睛說：「天啊，天啊！怎麼會說得那麼準呢？」

「您過獎了。」算命先生答道。

大嬸接著說：「我看到前面幾個人說算得準，還以為是你找來假扮的客人呢！本來想試試，不準就不給錢。這下子，我服了。」

一邊說，她一邊從皮包裡掏出錢塞到算命先生手裡。「我能不能再問一件事？」

她的話剛說出口，後面的人就不耐煩了。

「我說，沒看見後面排了這麼多人嗎？」一位牽著哈巴狗的老大爺說，「每人只能問一個問題，趕緊走開，要不然就重新排隊吧！」

老大爺這麼一說，其他人也跟著抱怨了起來。大嬸只好悻悻地站起來，讓出了位置。

這次蹲下的是一個穿西裝的男人，黑色的西裝一看就不是便宜貨，腳上的皮鞋也擦得鋥亮。他憂心忡忡地寫下自己的問題，和剛才一樣，算命先生接過來和烏鴉一起看，烏鴉又從書包裡叼出一張小紙籤。算命先生看完紙籤，在男人的耳朵旁邊說了幾句。

男人聽完皺了一下眉頭，追問了一句：「那這次的合作結果會……」

算命先生看看他，又看看肩膀上的烏鴉，一副顧慮重重的樣子，怯生生地不出聲了。

男人催促道：「有什麼不好說的嗎？」

這時候，烏鴉突然對著算命先生的耳朵嘀咕了幾句。算命先生才客氣地開口了：「實話實說吧！結果可能對您不利。」

男人點了點頭說：「原來是這樣。真有意思，我向來不相信算命這種東西，今天就是因為好奇才試一試，但是您說的簡直和事情的發展一模一樣，不得不信啊！」

說完，他付了錢，站起來整理了一下身上的西裝，滿懷心事地朝路邊的停車場走去。

看到這裡，楊永樂拉了拉我的手，我和他一起擠出了人群。

「這人不是騙子嗎？」我問楊永樂。

楊永樂把胳膊盤在胸前，若有所思地說：「我一開始也覺得他是個騙子，以為那些說他算得準的人都是他自己找來的。但是看久了，就發現他不可能找到那麼多人幫他的忙。」

「難道他真的會算命？」我睜大眼睛問，「他會不會是個巫師？」

楊永樂搖了搖頭說：「他一點巫師的樣子都沒有，既不會卜卦又不唸咒語。也不知道他憑什麼給人算命的。」

我突然有了一個想法，「你說，他會不會是神仙？」

「神仙？」楊永樂吃驚地看著我。

「對！不是有那樣的傳說嗎？神仙下凡，為了幫助一個特別孝順，或者特別好的人，變成算命先生……」

楊永樂撇了撇嘴說：「我看妳都快寫出小說來了。」

我有點生氣了，跺著腳問：「這也不是，那也不是，那你說是怎麼回事？」

楊永樂一邊思考一邊說：「我覺得他肩膀上的那隻烏鴉有點奇怪……」

「烏鴉？」我打了個寒顫。

從很小的時候開始，我就有點怕烏鴉。故宮裡的烏鴉很多，他們穿著漆黑的袍子，有點像巫師。他們總是幽靈般地出沒在黃昏陰影下的樹林裡，破敗的廟堂前，他們的叫聲那麼的沙啞、低沉。我還曾經看到過烏鴉吃生肉的樣子。以前故宮裡有一位滿族的看門老人，特別喜歡烏鴉，總是拿著生豬肉、豬肝餵故宮裡的烏鴉。那是我第一次看到鳥類吃肉，從那以後，在故宮裡碰到烏鴉我都會躲得遠遠的。

「烏鴉是很聰明的鳥類。」楊永樂說，「傳說仙女佛庫倫就是吃了烏鴉叼來的紅色果子後，生下了滿族的始祖布庫里雍順。所以清朝的時候，烏鴉一直被當作神鳥來祭拜。妳還記得坤寧宮前面的索倫竿嗎？那就是清朝皇帝

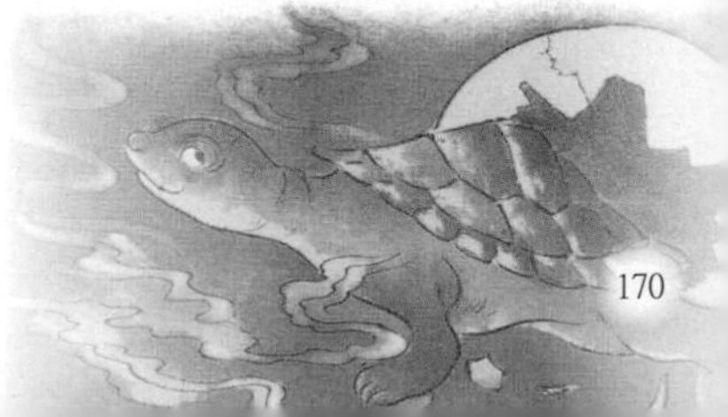

祭祀烏鴉用的，每次祭祀的時候，皇帝都會在那上面放上米和肉，給烏鴉們吃。」

我隱隱約約還記得索倫竿的樣子，它是一根塗著紅漆的木質長竿，很高，大概和坤寧宮的宮殿差不多高，最上面有一個碗裝的錫斗。在我小學一年級的時候，它還豎在坤寧宮前面，但沒多久，就因為破損得太嚴重了被移走了。現在那裡只剩下當年豎竿用的石墩。我今天才知道，原來索倫竿是用來餵烏鴉的。我也明白了，為什麼那位滿族的看門大爺會那麼喜歡烏鴉。

「難道傳說裡說過，烏鴉會算命？」我問他。

「會算命的烏鴉還真沒聽說過。」楊永樂如實說，「其實我也只是猜的。」

接著，他不甘心地說：「要不我們也去找他算一算？」

「算什麼呢？」

「什麼都行！」楊永樂湊到我耳朵邊說，「我就想離他近一點，看看能不能拆穿他的真面目。」

這時候已經是晚飯的時間了，天空變成了淡紫色，圍觀的人群慢慢散去，算命先生收拾著東西準備離開。

「稍等一下，能不能幫我們也算一次？」楊永樂攔住他說。

算命先生看了看烏鴉，才問：「你們……有錢嗎？」

楊永樂回答：「我們雖然沒有錢，但是如果您能幫我算一次，我們可以邀請您免費逛故宮。」

「逛……故宮嗎？」算命先生猶豫地看著烏鴉。烏鴉黑色的小眼珠緊緊盯著我們，點了點頭。看到烏鴉同意，算命先生才放心地說：「那好吧！」

楊永樂接過本子，一字一句地寫下自己的問題：「到底您是巫師，還是烏鴉是巫師？」

算命先生看到這個問題就慌了，他一下子站了起來，碰倒了板凳，還差點把烏鴉摔下肩膀。

「喂！我說，你能穩當點嗎？」烏鴉開口說話了。

算命先生彷彿聽懂了一樣，迅速站穩了，但是手還緊張地握著衣角。

「你能聽懂鳥類的話？」我吃驚地問他。

沒等算命先生說話，烏鴉就說：「什麼鳥類的話，我明明說的是人話。」

由於完全沒有想到烏鴉竟會這樣說話，我和楊永樂都驚訝得瞪圓了眼睛，凝視著烏鴉。

「你是說你會說人類的語言？」我問。

「沒錯，更準確地說我會說中文。我可是隻超級聰明的烏鴉。」

這太驚人了，雖然我以前也見過會問候「你好」的八哥，但是能把人話說得這麼流利的鳥類還是頭一次見到。

「好厲害！」楊永樂點點頭，「你除了會說人話以外，還會什麼？」

烏鴉用嘶啞的嗓音說：「我還會猜人的心事。」

「猜人心？」

「不然我怎麼幫人算命呢？」烏鴉叫道，「會算命的不是這位算命先生，而是我。像他這麼老實的人，怎麼可能會幫人算命呢？會算命的是我，我是隻超級聰明的烏鴉。」

「看來我沒猜錯。」楊永樂得意地笑著說，「薩滿巫師是不會看錯的。」

「我回答了你們的問題，你們趕緊帶我去逛故宮。你們可別想騙我，我也不是好惹的。」烏鴉催促著。

「還會嚇唬人呢？」楊永樂瞪著烏鴉問，「這沒問題。但他也一起去嗎？」他指了指呆站在一旁的算命先生。

烏鴉對算命先生說：「你就在這裡等我，今天賺的錢收好了，可別想在

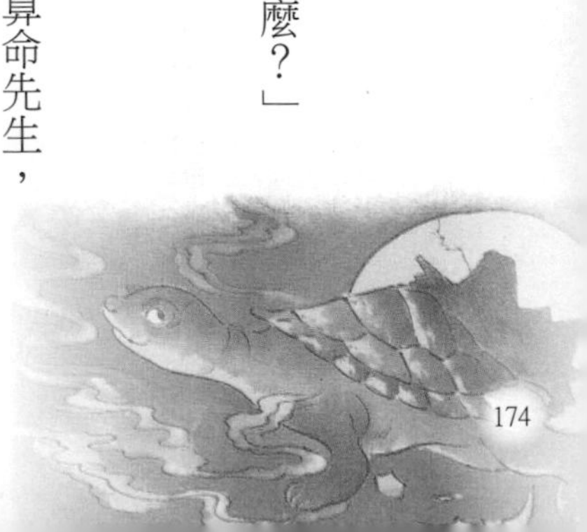

錢數上搞鬼，我可是算好帳了的。」

算命先生順從地點點頭。

烏鴉抖開翅膀，飛到了楊永樂的肩膀上。

我們帶著烏鴉從西華門進入故宮。故宮已經結束了一天的遊覽，變回了空曠、安靜的模樣。

「聰明的烏鴉，我能問你一個問題嗎？」我小心翼翼地開了口，這個問題在我肚子裡憋好久了。

烏鴉沒說話，只是用他的小眼睛看著我。

「我想問，既然你這麼聰明，為什麼沒想到你自己有翅膀，可以飛進故宮，沒有人會攔住你要票呢？」

「能問出這樣的問題，說明妳還是個小孩。」烏鴉回答，「自己揮動著翅膀飛進來，和站在人的肩膀上走進來怎麼可能一樣呢？有人請我來故宮參觀，說明我是隻尊貴的烏鴉，要是自己飛進來，不就和普通烏鴉沒什麼區別了嗎？」

「尊貴？這很重要嗎？」我不明白。

「當然重要，」烏鴉大叫著，「想當年我們烏鴉是多麼尊貴的種族啊！我們曾經憑藉智慧在戰場上救了愛新覺羅家族，當時這個家族只剩下那個叫凡察的男孩。是烏鴉們用身體蓋住他，才躲過了追殺他的人。我們還曾經是滿族戰士的信使，那時候只要打仗，滿族戰士都會帶著剛剛孵出來的小烏鴉隨軍而行，當作信使。因為無論走多遠，遇到什麼困難，我們烏鴉都能準確無誤地飛回自己的老巢。」

雖然已經知道這隻烏鴉很聰明，但他說出來的話仍然讓我有點吃驚：

「你知道的還真不少！」

「這些故事，都是我們烏鴉一代一代傳下來的，我們烏鴉可以活三十年，

不過比人類短一點而已。」他得意地說。

不知不覺，我們已經走到了太和殿廣場，黃昏中的宮殿，閃耀著柔和的金光。

烏鴉看到這樣的宮殿，不禁感嘆：「想當年，每當節日，皇帝都會親自帶著自己的嬪妃、王子、公主們祭祀我們。瀋陽故宮的鳳凰樓，當年就是專門給我們居住的宮殿。那時候，我們被稱為『神鴉』、『預報神』、『保護神』，而現在我們卻被叫成『災星』。」

這時，晚霞中一群歸巢的烏鴉飛過天空。烏鴉抬頭看了看他的同類們，搖搖頭說：「看，這些烏鴉生活在故宮裡，卻一點也不為自己的種族擔憂呢！」

楊永樂終於忍不住了，他問烏鴉：「你不覺得，你想太多了嗎？雖然人類現在誤解了你們，但不會傷害你們，沒聽說誰會吃烏鴉的肉。所以，你高

高興興地接受現在的命運，和普通烏鴉一樣築巢、吃蟲子，不要去理睬人們怎麼看你，這樣多好。」

烏鴉瞪大眼睛看著楊永樂說：「你們人類難道都是些接受現在命運的人嗎？沒有想法，不在乎尊嚴，生活給什麼就接受什麼，你們都是這樣的嗎？」

楊永樂愣住了，過了好一會兒才回答：「當然……不是。」

「那你是這樣的人嘍？」烏鴉追問，「你剛才說你是薩滿巫師，難道你生下來就是薩滿巫師？如果不是，你為什麼不高高興興當個小學生，和普通小學生一樣上學、吃飯、考試呢？」

楊永樂這回徹底沒話說了，輸給一隻烏鴉，這還是第一次。

烏鴉在他的肩膀上跳了兩下，催促他快走，楊永樂就乖乖地往前走去。一直走到英華殿，烏鴉揮動了翅膀讓他停下來。

望著英華殿緊閉的大門，烏鴉像個中年男人一樣，深深嘆了一口氣。

「我聽說這裡供奉的是滿族的神靈『完立媽媽』。」他說，「你們知道嗎？我很小的時候就聽我媽媽說，滿族的史詩中，我們烏鴉曾經是天神，為了拯救苦難的人們與惡魔戰鬥，卻誤吃了黑草而死，變成了現在的樣子，用嘶啞的聲音為人類的黑夜報警。我一直相信這個傳說，所以我無法成為一隻普通的烏鴉。」

天徹底暗了下來，故宮裡的路燈，一盞盞被點亮，我們和烏鴉一起回到了西華門。門外的行人道上，老實的算命先生還乖乖地站在那裡，等著烏鴉。

「你說你能猜出人的心事，怎麼做到的？」我問烏鴉。

「這太簡單了，人類的眼睛總是能透露出他的心事，貪婪還是急迫，或者是擔心。」烏鴉說，「而他們問的無非是錢、婚姻、健康。和人類打交道多了，就知道了。」

「你果然很聰明。」我點點頭，「但你賺那麼多錢要做什麼用呢？」

「吃肉、喝酒。」烏鴉眨了眨眼睛，「剩下的錢存起來，蓋個烏鴉博物館。」

「就這樣？」

「妳還想怎樣？」烏鴉揮動著翅膀飛回到算命先生的肩膀上。

對啊！我還想怎樣呢？一個烏鴉博物館，應該會改變一部分人對烏鴉的看法吧！但是，為什麼我總期待著這隻聰明的烏鴉，能做出更驚天動地的事情呢？

「走吧！我餓了。」烏鴉說，算命先生和我們道過別，默默地帶著他離開了。

拾
御花園裡的貴族

要說心情，沒有比今天晚上更糟糕的了。就連上次考試不及格，我的心情也沒有這麼糟糕過。

我一個人在故宮裡像傳說中的鬼魂一樣，孤獨地逛來逛去。要說最讓人難受的事情，不是被罵、被欺負、被懲罰，而是被冤枉。

我今天就被冤枉了，在學校裡。明明考試的時候只是乖乖答題而已，卻被老師冤枉偷看了桌子裡的課本，還當著全班同學的面沒收了我的課本。我一直咬住嘴唇，才忍住沒哭。我一直告訴自己，不能在老師面前哭，只要一哭就相當於承認自己作弊了。

但現在，周圍不要說人，連個鬼的影子都看不到。我的眼淚忍不住流了下來，怎麼擦都擦不完。

眼淚掉到胸前的洞光寶石上，它就會閃亮一下，好像在安慰我一樣。

就這樣一邊走，一邊哭，根本沒注意自己走到了哪裡。等到哭累了，抬起頭的時候，發現自己已經走進了御花園。站在高大的松柏下面，我顯得更渺小，更微不足道了。

「唉……」

突然有人在我身後嘆氣。這可把我嚇了一大跳，連臉上的眼淚都忘了擦。

「誰？」我猛然回過頭。

站在我身後的是一個老人，準確地說是個白鬍子的老爺爺。他穿著電視劇裡經常出現的那種清朝的朝服，頭上戴著紅頂的官帽，手裡拄著一根鐵棍做的枴杖。怎麼看怎麼像從清朝穿越過來的人。

這難道是……鬼嗎？看他的裝扮，可能是幾百年前被清朝皇帝殺死的大臣？我滿腦子胡思亂想。

「這一陣子總是覺得那裡有點癢癢啊！」老爺爺和我搭話。

「啊？哪裡癢癢？」

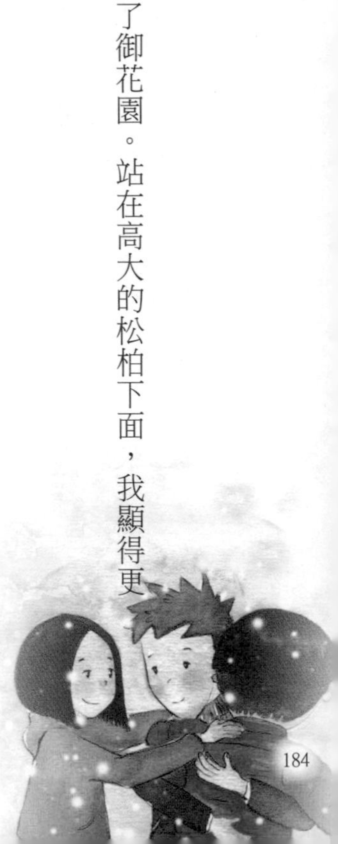

鬼也會癢癢嗎？我有點好奇了。

可能是看到我露出了感興趣的眼神，老爺爺有點得意地笑了：「就在腰窩那兒。」他指了指後背腰窩的位置。「好像有個小蟲子藏在那裡似的，不停地撓我癢。」

「那可不太好，不會是皮膚炎吧？」

鬼也會得皮膚炎嗎？剛說出口，我就覺得自己有點好笑。

「我這把歲數，還會得什麼皮膚炎啊！」老人說，「也許是有蟲子在我身上安家了吧！」

「您是說跳蚤嗎？」

我以前看電影的時候，就看到古代的人身上長了跳蚤，會很癢的。

「哪裡的話！那種蟲子多髒啊！」

沒想到老爺爺臉一板，撅起了嘴。老爺爺探尋似地看著我的臉，然後輕聲說：「妳幫我看看吧！要是真有蟲子安了家，就幫我把他捉出來好了。」

說得就像是讓我幫他撿帽子那麼輕鬆。我愣住了。老爺爺用細細的手指掀起了自己的袍子，指著背後的一個地方說：「就在那兒，就在那兒！」

我打開手電筒看過去，老爺爺的皮膚就像樹皮一樣的粗糙。他背後腰窩的位置真的有一隻肉肉的白蟲子正趴在那裡。

我吃了一驚，真有蟲子啊！我小心地用手指掐住白蟲子拿了出來，放在老爺爺的手掌心裡。

「啊！是他啊！」老爺爺笑瞇瞇地點了好幾下頭。

「這是什麼蟲子啊？」

「這是天牛幼蟲。等到明年春天，他就會長成帶著長觸角的天牛了。」

我皺了皺眉頭。說實話，我不太喜歡大蟲子，尤其是長著觸角的。

「您的身上怎麼會有這種蟲子？」

「這個嗎？就算我的身分再怎麼尊貴，也畢竟是遮陰侯啊！」

老爺爺把蟲子握在手心裡，裝模作樣地背過手，散起步來。

神奇的事情發生了，御花園裡的樹木，無論是松樹、柏樹還是丁香樹、桃樹，只要老爺爺走到的地方，樹木們都會突然移動起來，自動讓出一條寬敞的路。

高大的樹木們，就那麼輕巧地、不留痕跡地移開，等到老爺爺走過，它們又同樣輕巧地移回到原來的位置，就像什麼事情都沒發生過一樣。

我趕緊追了過去。

「您剛才說，您是什麼猴？」

老爺爺瞥了我一眼說：「我不是猴，我是乾隆皇帝欽封的侯爵，遮陰侯。」

侯爵，那是比一品大臣還大的官啊！我看了看他朝服前面的圖案，那叫補子，媽媽很早就教過我，想要知道一個清朝大臣的官有多大，只要看他補子上的圖案就行了。老爺爺沒說謊，他朝服前面繡的圖案是威武的蟒蛇。這是只有侯爵才能穿的圖案。

「這麼說您以前是貴族嘍？」我問。

「什麼叫以前，我現在也是。」老爺爺不高興地說。

「您可能不知道，現在早就沒有皇帝了。」我小心翼翼地說。

老爺爺好奇地看著我：「我怎麼會不知道？我什麼都知道。現在何止沒有皇帝，故宮都變成博物館了。」

我瞪大了眼睛，一個鬼魂怎麼什麼都知道呢？

這時候，老爺爺說了一句讓我意外的話：「妳不會把我當成鬼了吧？」

「您……您不是鬼嗎？」

「當然不是！」老爺爺乾脆地說，「妳難道連我遮陰侯的故事都沒聽說

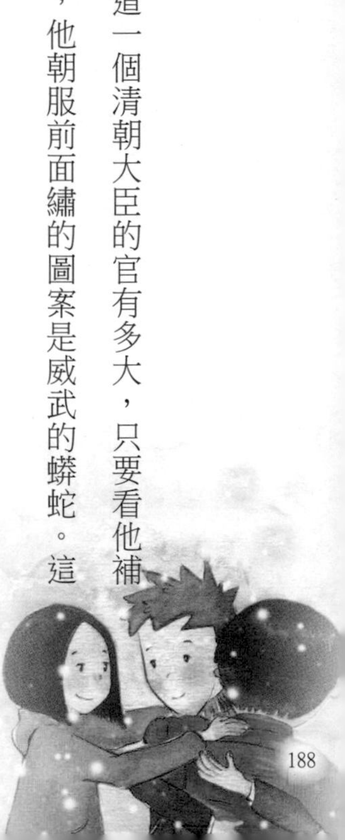

過？」

我搖搖頭，「遮陰侯」這三個字，我還是第一次聽說呢！

老爺爺揮了揮手，身旁的紫藤立刻伸出藤條，結成了一個舒服的座椅。

老爺爺坐了下來，示意我坐在他的旁邊，這才慢悠悠地說：「我原來只是摛藻堂旁的一棵柏樹……」

原來清朝乾隆年間，御花園摛藻堂是收藏《四庫全書薈要》的地方。摛藻堂旁邊有一棵大柏樹，樹枝茂盛，樹葉濃密。乾隆皇帝看《四庫全書》時，特別喜歡坐在這棵柏樹的樹陰下。時間久了，柏樹對乾隆皇帝有了感情，更盡心地為他遮出陰涼。

有一年，乾隆皇帝去江南旅遊，天氣特別的熱，跟隨他的人個個都渾身冒汗，只有乾隆皇帝不但不覺得熱，還覺得挺涼快的。後來，乾隆回到故宮，一個太監告訴他，他去江南的時候，摛藻堂前的大柏樹不知道為什麼突然枯萎了，而他一回來，柏樹卻又茂盛起來。看來，這棵柏樹偷偷與乾隆皇帝一起去了江南。

乾隆皇帝想起一路上別人大汗淋漓，自己卻很涼爽，就想一定是這棵柏樹暗中為他遮陰。於是乾隆一高興，便賜封這棵柏樹為「遮陰侯」。後來還為他寫了一首詩《柏樹行》刻在碑上，這塊碑現在還鑲在樹旁的摛藻堂西牆上。

「您的意思是說，您就是那棵柏樹？」

我仔細打量著老爺爺。他官帽下面是綠色的頭髮，手指又細又長。原來他是樹啊……

老爺爺點點頭，問我：「妳有沒有到我的樹陰下遮過涼啊？」

我眨了眨眼睛，如實說：「這我還真沒有注意。」

御花園倒是我常來的地方，雖然每次來這裡都玩得很開心，但還真沒注

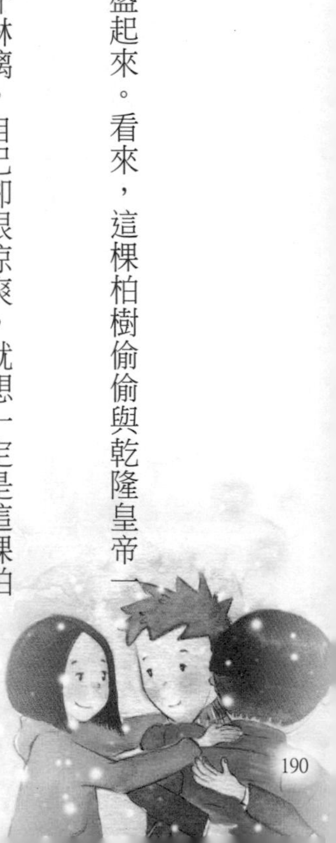

意到頭上的樹蔭。

老爺爺搖著頭說：「是嗎？不過近二十年，真的很少有人願意在我的樹蔭下坐一會兒了。真可惜啊……那麼好的樹蔭。」

他嘆了口氣接著說：「現在的人啊！為什麼都那麼匆匆忙忙的呢？真有那麼多重要的事情需要做嗎？連享受一下樹蔭下的涼爽都沒時間了呢！」

我很想說，在空調房裡要比在樹蔭下還涼爽。但是轉念一想，關在封閉的小屋子裡吹著空調，怎麼能和待在散發著清香的樹蔭下望著遠方相比呢？

「您多大歲數了？」我有點好奇。

「我想想，建造故宮的時候，我就被種在這裡了。這麼算來應該快六百歲了。」老爺爺回答。

「六百歲！那麼長的時間啊……」我不禁感嘆。

老爺爺卻說：「很長嗎？可是這御花園裡的一百六十多棵樹，大多數都三百歲以上了啊！」

我吸了口氣，和樹相比，人的一生真的太短了。

「這麼多的樹，為什麼乾隆皇帝偏偏喜歡您的樹蔭呢？」我接著問。

「這個啊……」老爺爺得意起來，「可能是因為我的樹冠高，又特別寬大，樹葉的縫隙也合適，樹蔭不是黑壓壓的一片，涼快的陰影裡還跳動著陽光吧！」

「聽起來真好啊……」我感嘆。

老爺爺看看我：「那現在就試試看怎麼樣？」

「樹蔭嗎？」我吃了一驚，「可是現在是晚上，沒有陽光哪裡來的樹蔭呢？」

「雖然現在沒有樹蔭，但是我可以讓妳站到我的樹冠上，感覺更好呢！」他說。

我皺皺眉頭：「樹冠不是在很高的地方嗎？那麼高的地方我又怎麼上得去？」

「妳只要站在我的肩膀上，『嗖』地一下就可以了，再簡單不過。可是，如果妳害怕就算了，我不會硬要妳上去的。我不過是被洞光寶石叫醒，想讓妳開心一下，不會硬勸妳的。」

老爺爺裝模作樣地站起來，一副準備離開的樣子。

「請等一下！」我急忙說，「讓我試一下吧！說實話，今天是我最最傷心的一天了，平白無故地受了很大的冤枉，在那麼多同學面前……」

說著，說著，我的眼淚竟然又掉下來了，被滴上了眼淚的洞光寶石再次閃爍起來。

老爺爺拍拍我的肩膀，「那妳就踩上來吧！讓心靈休息一下。」

說著，他在我面前蹲下身。我小心翼翼地踩上了一隻腳，心裡仍有些擔心，這麼瘦的老人真的禁得起我的重量嗎？不過，一想到他是高大的柏樹，就毫不猶豫地把另一隻腳也踩了上去。

老爺爺的肩膀比我想像的結實多了，我穩穩地站在上面。

「準備好了嗎？一會兒妳先閉上眼睛，當聽到『啪啪』的聲音時再睜開。然後，妳只要用心去感受眼前的一切就好了，其他的事情，什麼也不要去想。」老爺爺的聲音從我的腳下傳來。

「啊……」

我戰戰兢兢地閉上眼睛。耳邊傳來「呼，呼」的風聲，我沒睜眼，任由涼風從我的耳邊吹過，吹起我的頭髮。我感覺到自己在升高，不停地升高，再高一些。腳下的肩膀也發生了變化，變得越來越粗大，越來越穩當，不時還會傳來「吱、吱」的聲音。

也不知道過了多久，耳邊的風突然小了。代替風聲的是樹葉發出的「啪、

啪」的聲音，就是它了，老爺爺說的聲音就是它了。

我慢慢地、小心翼翼地睜開了雙眼。

這是什麼樣的景象啊……

我的腳下，老爺爺的身體已經變成了一棵柏樹，變成了御花園裡一棵參天的古柏。而我就像落在他高高樹枝上的一隻蟬，緊緊抱著樹幹，月光透過我頭上的枝葉，落在我身上。我的頭頂上，天空近得不可思議。

故宮的宮殿們就在我的腳下，金水河閃著光，秋天微黃的樹葉泛起了波浪，遠處的景山上閃著橙色的路燈。眼睛下面是開滿了菊花的御花園，從花圃一直到堆秀山，都是五顏六色的花田。

我長舒了一口氣，站在這麼高的地方，身體彷彿都變輕了，有那麼一會兒，我都懷疑自己是不是變成了風。

「真好啊！」我自言自語地說。

這時，身邊的樹木們也回應起來：「真好啊……」

「秋風，真好……」

「月光，真好……」

「溫度，正好……」

我睜大眼睛看著周圍的樹們，究竟是哪棵在說話呢？

啊！是那棵吧！坤寧門前的古楸樹，看他搖曳的樣子，一看就是在說話呢！真想告訴他，春天他開著滿樹紫色花朵的樣子有多麼美麗，他會不會驕傲呢？

還有他吧？東南角的龍爪槐，枝條動得特別厲害呢！本來只是棵大槐樹，因為長得像巨龍飛舞的樣子，在御花園特別的有名。果然，連說話的樣子都像個名人呢！

看，欽安殿前的連理柏在說悄悄話呢！那麼神祕的樣子。兩棵樹緊緊纏

在一起幾百年了，可是還有說不完的話啊！

我突然覺得一陣頭暈，閉上了眼睛。就在那一瞬間，我失去了平衡，腳一滑就從樹上摔了下來。

「哇！」

難道就要這樣死去了嗎？還有好多好多好吃的東西沒有吃過，好多好玩的東西沒有試過，好多好看的節目沒有去看……就算被冤枉，就算那麼委屈，我也不想，絕對不想這樣死掉！

雖然這樣想，身體卻依然往下落。除了閉上眼，什麼辦法都沒有！

不知道什麼時候，感覺突然一切都停了下來，我的身體停了下來，耳邊的風聲停了下來，世界都靜止了似的。

難道我已經死了？我心裡納悶，為什麼一點都沒感覺到痛呢？

我小心翼翼地睜開眼睛。我離地面很近，但並沒有掉到地上。一根樹枝

掛住了我的衣服，把我懸在一跳就可以跳到地面上的地方。

遮陰侯救了我！

我鬆了一口氣，輕輕跳到地面上。我出神地望了一會兒身後的那棵古柏樹，就慢慢地走出了御花園。而我的心，已經不可思議地明快起來了。

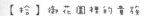

國家圖書館出版品預行編目（CIP）資料

故宮裡的大怪獸 5：獨角獸的審判 / 常怡著； 么么鹿繪．
-- 第一版．-- 臺北市 ： 樂果文化出版 ： 紅螞蟻圖書發行，
2019.04
面； 公分．--（小樂果 ； 15）
ISBN 978-986-97481-4-8（平裝）

859.6 108001465

小樂果 15

故宮裡的大怪獸 5：獨角獸的審判

作　　　者 ／ 常怡
繪　圖　者 ／ 么么鹿
總　編　輯 ／ 何南輝
行 銷 企 劃 ／ 黃文秀
封 面 設 計 ／ 引子設計
內 頁 設 計 ／ 沙海潛行

出　　　版 ／ 樂果文化事業有限公司
讀者服務專線 ／（02）2795-3656
劃 撥 帳 號 ／ 50118837 號 樂果文化事業有限公司
印　刷　廠 ／ 卡樂彩色製版印刷有限公司
總　經　銷 ／ 紅螞蟻圖書有限公司
地　　　址 ／ 台北市內湖區舊宗路二段121 巷19 號（紅螞蟻資訊大樓）
電話：（02）2795-3656
傳眞：（02）2795-4100

2019 年 4 月第一版 定價／ 250 元 ISBN 978-986-97481-4-8
※ 本書如有缺頁、破損、裝訂錯誤，請寄回本公司調換。